20世纪初
英国小说的空间叙事研究

—— 杨傲霜 ◎ 著 ——

吉林大学出版社

长春

图书在版编目（CIP）数据

20世纪初英国小说的空间叙事研究/杨傲霜著.—长春：吉林大学出版社，2019.9
　ISBN 978-7-5692-5541-6

Ⅰ.①2… Ⅱ.①杨… Ⅲ.①小说研究—英国—20世纪 Ⅳ.①I561.074

中国版本图书馆CIP数据核字（2019）第194070号

书　　名	20世纪初英国小说的空间叙事研究
作　　者	杨傲霜　著
策划编辑	李伟华
责任编辑	李卓彦
责任校对	卢　婵
装帧设计	汤　丽
出版发行	吉林大学出版社
社　　址	长春市人民大街4059号
邮政编码	130021
发行电话	0431-89580028/29/21
网　　址	http://www.jlup.com.cn
电子邮箱	jdcbs@jlu.edu.cn
印　　刷	北京虎彩文化传播有限公司
开　　本	787mm×1092mm　1/16
印　　张	9.5
字　　数	140千字
版　　次	2019年9月　第1版
印　　次	2019年9月　第1次
书　　号	ISBN 978-7-5692-5541-6
定　　价	58.00元

版权所有　翻印必究

前　言

在传统的文学研究中，研究者关注的焦点在于小说中的时间维度，小说的情节发展与叙事逻辑等时间性元素是文学研究者关注的主要方面，而空间的维度则被忽视。事实上，空间是与时间同等重要的维度。就我们的日常生活而言，事件必定发生在某一空间之中。而在小说这一层面，情况就更复杂，存在着作家与读者、现实与想象等层面的空间。首先，作家的创作是在一个或多个空间中完成的。其次，作家在创作的时候头脑中进行着复杂的意识活动，因此存在一个作家的心理空间始终伴随着小说的创作。第三，小说中事件的发生是在特定空间中的，空间是无法抽离的元素，而小说则是对现实世界的再现、变形与抽象。第四，读者在阅读小说的过程中，会有意无意地在头脑中想象小说中描绘的一切，此时便生成了读者的心理空间。同时，读者也会对小说中的空间进行建构，由于自身经历和文学修养等方面存在的差异，不同的读者所建构的空间也会不同，而理想的读者能最大限度地还原作家进行小说创作时的空间建构。

到了20世纪末，西方人文领域出现了空间转向，空间成为哲学、文学、地理学、政治学、历史学等众多学科和领域的重点关注对象。在文学研究领域，空间研究与叙事学相结合，产生了空间叙事学。1945年，约瑟夫·弗兰克在《现代文学的空间形式》一文中，首次系统地阐释了现代文学中的空间形式问题，他认为现代主义文学的一个重要的共同特征是空间性。福柯、布迪厄、列斐伏尔、赛义德等人研究了"全景敞式监狱"、疯人院、"区隔"空间、现代城市空间、西方想象中的东方空间等形形色色的空间，他们的研究表明空间具有社会、政治、文化等方面的属性，交织着复杂的性别、阶级、种族色彩。现代主义小说吸收和借鉴了心理学与精神分析学、现代语言学、政治学、艺术学等多种学科元素，在叙事上摒弃线性叙事，采用拼贴、意识流、并置、意象、象征、限定性视角等多种手法，使文本中的时空序列被打破，时间被消抹，空间凸显出来。

19世纪末，现代主义小说登上英国文坛。传统的叙事模式已经不能充分反映生活，碎片化的现代生活经验要求现代主义小说采用新的叙事方式；同时，世纪之交的英国城市化进程、殖民事业极大地改变着英国乃至世界的空间面貌。19世纪末20世纪初的英国，国家面貌发生了巨大的改变：大量农村人口向城市迁移，城市急剧膨胀，城市化快速推进；城市公寓兴起，独立住宅的生存岌岌可危；政治动荡，王位交接，工人运动与女性运动风起云涌；殖民事业由盛而衰，大西洋彼岸美国崛起，英国世界霸主的地位受到威胁。康拉德、福斯特、伍尔夫是20世纪初三位重要的英国现代主义小说家，他们的小说文本不仅在形式上极具空间性，并且反映了剧变的时代环境中英国的家宅空间、乡村空间、都市空间、殖民空间、国家空间的变迁，从方方面面展现了这一特殊时期的英国社会、历史、文化。

在本书即将付梓之际，笔者衷心地感谢四川大学外国语学院王安教授与王欣教授，因为本书在很大程度上是笔者在两位老师的课堂上学习一年的成果。在王欣老师的主持与指导下，笔者与其他博士研究生同学在"英国文学史与经典作品"这一课程中系统地研读和探讨了《黑暗的心》《霍华德庄园》《达洛卫夫人》等作品，并撰写了相关论文，王欣老师对论文提出了宝贵的建议和意见。在"美国文学史与经典作品"这一课程中，王安老师向笔者在内的博士研究生系统讲授了空间叙事理论、图像叙事理论、语象叙事理论等理论视角和方法的来龙去脉，使笔者得以对这一系列的理论知识有一个较为深入和全面的把握。同时，王安老师也是笔者的导师，他在繁忙的科研工作和教学任务之下，仍然不厌其烦地指导笔者的研究和写作。每次笔者将电子文稿发送给王安老师,他总是以最快的速度给我反馈意见,有时甚至熬夜批改。另外,石坚教授和叶英教授也为我的写作提供了中肯的建议,衷心感谢两位老师。

  作为一名年轻的研究者,限于学识和能力,笔者这部起步之作必定存在不少稚拙、错讹之处,敬请各位专家和老师的批评指正。

目 录

第一章　空间叙事 ·· 1

一、图像时代 ·· 1

二、空间的社会属性 ·· 3

三、文学叙事的空间转向 ·· 5

本章小节 ··· 13

第二章　《黑暗的心》空间叙事策略 ························· 15

一、康拉德与《黑暗的心》······································ 16

　（一）康拉德小传 ··· 16

　（二）《黑暗的心》概略 ····································· 20

二、《黑暗的心》的图像叙事特征 ······························ 22

　（一）嵌套叙事 ·· 23

　（二）语象叙事 ·· 25

　（三）色彩运用 ·· 33

三、殖民空间生产 ·· 35

（一）地理空间生产 ………………………………… 36
　　（二）身体空间生产 ………………………………… 41
四、资本空间生产 ………………………………………… 44
本章小结 …………………………………………………… 62

第三章　《霍华德庄园》的空间叙事策略 …………… 63

一、福斯特与《霍华德庄园》 …………………………… 63
　　（一）福斯特小传 …………………………………… 64
　　（二）《霍华德庄园》概略 ………………………… 67
二、《霍华德庄园》的图像叙事特征 …………………… 69
　　（一）福斯特的记忆空间与心理图像 …………… 69
　　（二）语象叙事 ……………………………………… 71
三、《霍华德庄园》中的性别空间 ……………………… 73
　　（一）单一的性别空间 ……………………………… 75
　　（二）对立的性别空间 ……………………………… 79
　　（三）平衡的性别空间 ……………………………… 83
本章小结 …………………………………………………… 88

第四章　《达洛卫夫人》的空间叙事策略 …………… 90

一、伍尔夫与《达洛卫夫人》 …………………………… 90
　　（一）伍尔夫小传 …………………………………… 91
　　（二）《达洛卫夫人》概略 ………………………… 97
二、《达洛卫夫人》的图像叙事特征 …………………… 100
　　（一）多层叙事框架与意识流技巧 ………………… 101

（二）语象叙事 …………………………………… 106
三、鲜花——《达洛卫夫人》的空间表征 …………………… 112
　　（一）伍尔夫与鲜花之缘 ……………………………… 112
　　（二）《达洛卫夫人》中的鲜花叙事 …………………… 116
　　（三）身体空间的表征 ………………………………… 121
　　（四）资本空间的表征 ………………………………… 127
　　（五）殖民空间的表征 ………………………………… 130
本章小结 ………………………………………………… 133

参考文献 …………………………………………………… 134

第一章 空间叙事

在经历了语言学转向和文化转向之后，当代西方迎来了第三次重大转向——空间转向。空间转向被认为是20世纪后半叶最重要的事件之一。人文学科的学者们纷纷意识到，过去的研究太过于强调时间、历史，而忽略了空间这一同样重要的维度。"空间"（space）一词具有多重含义。首先，空间可以指物理空间，如人们居住的房屋。其次，空间可以指地理空间，如一个国家的领土范围、山川、河流等。第三，空间可以指社会空间，这是一种抽象意义上的空间，更多的指向一种空间关系。在文学研究领域，空间叙事研究主要包括对文学作品中的空间形式和空间主题等方面的研究。

一、图像时代

当今世界已经进入了图像时代成为不争的事实，人们被形形色色的图像包围：不仅有纸质图像，还有电子图像、数码图像；不仅有平面图像，还有立体图像、三维图像；不仅有静态图片，还有电影、电视等视频动态图像；不仅有传统意义上的图像，还有生物图像、基因图像。可以说，我们今天时时刻刻都生活在图像的包围中，主动或被动地消费图像，受到被精心编织在图像中的意识形态的影响。另一方面，普罗大众不仅是图像的消费者，也是图像的生产者。手机、照相机、摄影机等电子设备的普及使摄影不再是专属于富裕阶层的活动，而成为一项大众活动。同时，这些电子设备的普及也使得图像以惊人的速度被生产，每分每秒都在产生图像。网络技术的飞速发展，又使得这海量的图像在全球范围内急速传播。对图像的生产与消费已经成为我们日常生活必不可少的一部分，图像的这种极度膨胀也带来了许多负面的影响，比如眼球经济。

然而，图像并不是当今社会独有的现象。早在20世纪30年代，德国哲学家海德格尔就提出了"世界图像"（world picture）的概念，意为"世界被把握为图像了……根本上世界成为图像，这样一回事情标志着现代之本质"。[①] 在一定程度上，视觉技术的进步和机器复制时代的到来的确大大地推动了图像的生产、传播和消费，加速了图像的膨胀。19世纪后半期，图像的生产和传播主要通过印刷实现，图像生产成本高、传播速度慢。19世纪末20世纪初，电子媒体成为美国图像生产和传播的主要方式，标志着图像的机器复制时代全面到来，图像以前所未有的方式和规模汹涌而来。1884年，保罗·尼普科发明了扫描圆盘，奠定了现代电视机出现的基础。1891年，爱迪生发明了电影摄影机。在美国，20世纪90年代中期，歌舞杂耍剧院为了吸引观众开始在节目开始前播放电影短片。19世纪与20世纪之交时，只需要花费5美分就能进场的镍币影院在全美遍地开花。以动态图像为基础的电子传媒比印刷媒体更易于保存、复制和传播，大大加剧了图像膨胀的规模和速度。

也有另一种观点认为，图像是人类历史的一个常态。美国当代传媒学学者米切尔（W. J. T. Mitchell）认为，图像的关键在于一种形象性或者意象性。因此，图像转向一直存在于人类历史，图像转向常常发生在有新的复制技术出现的时期，或者特定形象（image）与新的社会、政治、美学运动产生联系的时期。例如，人工透视、架上绘画和照相术的发明都标志着其所在时代的图像转向。在米切尔看来，最早的图像时代可以追溯至进行

---

① 海德格尔：《海德格尔文集》，孙周兴编，上海三联书店，1996，第899页。

偶像崇拜和毁坏圣像运动的远古时代。无论如何，在图像呈现压倒性优势而主导全球文化发展的今天，学界又掀起了新一轮对图像、空间、视觉等的研究。

二、空间的社会属性

在人文科学领域，社会学对空间的研究占有重要地位。在社会学意义上的空间，特指社会空间，"如社会活动的规模、社会事件发生的范围、社会影响的广度和深度等"。[①]根据社会学的研究，任一空间都不可避免地打上了人类活动的印记，因而空间总是具有社会性的，不存在纯粹客观、中性的空间。空间是社会活动的产物，空间中充满了各种社会关系，是各种类型的权力斗争场域。在性别层面，空间是两性关系作用与反作用的结果，铭刻了性别斗争的权力关系和等级秩序。在父权制社会，社会是由男性话语主导的空间。但是，随着女性自我意识的觉醒，也会反抗这种空间的压迫，有意识地构建女性空间。在阶级层面，空间是不同阶级之间相互作用的结果，印刻了阶级斗争的权力关系。在资本主义社会，社会是由资产阶级意识形态主导的空间。由资产阶级主导的空间的一个显著特征是城市对乡村的殖民，以及在城市空间中对物理空间做特殊划分和安排。

迄今为止，已有多位理论家阐述了空间的社会属性。其中，列斐伏尔和福柯两位来自法国的思想家是最重要的思想先驱。亨利·列斐伏尔（Henri Lefevre）是法国著名空间理论家，他在其论著《空间的生产》（*The Production of Space*）中将空间分为三类，即物理空间、心理空间、社会空间。其中，物理空间指自然，心理空间指空间的话语建构，而社会空间则是生活的空间、体验的空间。社会空间包含了物理空间和心理空间。列斐伏尔将空间与资本主义紧密联系起来，提出空间是社会的产物的观点。作

[①] 德雷克·格利高里、约翰·厄里编：《总序》，载《社会关系与空间结构》，谢礼圣、吕增奎等译，北京师范大学出版社，2011，第3页。

为社会产物的空间可以被生产、被商品化、被交换、被消费。这里,列斐伏尔提出了一个著名的论断,即空间具有生产性。他认为空间不仅仅是社会关系的产物,或是一个中性的平台、容器,空间本身就具有生产性,我们不仅要关注空间中的事物的生产,更要关注空间本身的生产。福柯是另一位空间理论的思想先驱,他指出:"我们时代的焦虑与空间有着根本的关系,比时间的关系更甚"。① 福柯关于空间问题的思想主要体现在他的《规训与惩罚》《疯癫与文明》《性经验史》等诸多论著以及少量关于空间问题的议论之中。福柯的研究包含了对不同时期的空间形态和结构的研究,尤其是精神病院、监狱和身体。福柯对空间问题最重要的贡献在于对空间中的权力分布、权力结构的思考。

爱德华·W.苏贾(一译索雅)是空间研究领域的又一重要理论家,他提出了"第三空间"(Third Space)的概念。苏贾的第三空间属于文化研究范围,是一种交织着权力关系网络的文化产品。苏贾在列斐伏尔的《空间的生产》的基础上发展出了"第三空间"的理论,侧重社会空间中的权力关系。苏贾认为,传统的空间认识论是一种二元对立的认识论:要么从实证主义出发,一味强调空间的物质性,认为客观事物比主观思维更真实,形成一种空间不可知论的错觉;要么沿着形而上学的路线,一味强调空间的主观性,将社会空间限制在主观想象的世界,形成一种空间的透明性的错觉。为了破除这种二元对立,苏贾提出第三空间的概念,可被视为他之前提出的具有政治选择性和无线包容性的"后现代地理学"概念(postmodern geography)的一个替换。他将空间分为"第一空间""第二空间""第三空间"。第一空间是可感知的空间(perceived space),即物理空间,是人类使用、居住的空间,与人类的日常生活、实践活动和经验息息相关,与列斐伏尔的"空间实践"(spatial practice)相对应。第一空间认识论强调空间的客观性和物质性,将空间研究作为一种形式科学。第二空间是想象

---

① 米歇尔·福柯:《不同空间的正文与上下文》,载《后现代性与地理学的政治》,包亚明主编,上海教育出版社,2011,第18页。

的空间（perceived space），即心理空间，是被哲学家、科学家、艺术家、作家等概念化的空间，依靠人的理性或非理性思维运作，与列斐伏尔的"空间的表征"（representations of space）相对应。第三空间是生活的空间（lived space），即社会空间，包含了第一空间与第二空间，强调存在的历史性—空间性—社会性三者的共时性，与列斐伏尔的"表征的空间"相对应。第三空间在范围上无所不包，具有无限的开放性和包容性。苏贾认为，以上三种空间相互包含，地位平等。因此，他认为第三空间的认识论不同于以往的二元辩证法意义上的空间，是一种三元辩证法的空间。他在后现代的社会背景下提倡对第三空间的重视，是因为以往的空间认识论已经对第一空间和第二空间给予了较多关注，而第三空间则被忽视。但苏贾同时也指出，第三空间具有战略优越性。包罗万象的第三空间同时涵盖了历史性、空间性和社会性，突出三者的共时性关系，包含了一种动态的社会关系变化的轨迹，是一个多元的复合体。苏贾着重强调第三空间中的权力关系，即一种支配—被支配或统治—被统治的关系。对这种等级关系的认识，有助于实现在社会空间中被压迫、被边缘化的群体的解放与自由。从这个意义上来说，苏贾的第三空间论是一种西方马克思主义观点。苏贾认为三种空间互有重叠，同时存在，它们的共时性塑造了人的存在。这似乎是说，三种空间在同一时间截面同时存在，是一个交集的关系。但第三空间是无所不包的，第一和第二空间内含于其中，这样，三者似乎又构成合集和子集的关系。与其说他区分了三种类型的空间，不如说他对空间重新下了一个定义，以反拨传统的空间观念。

三、文学叙事的空间转向

随着各个学科领域对空间和图像越来越重视，文学研究领域也出现了空间转向。在文学研究领域里对空间问题的重视特别表现在叙事学上，出现了空间叙事学理论。如同其他学科领域，文学研究和评论长期以来专注于时间、历史等问题，而忽略了空间的问题。1945年，约瑟夫·弗兰克

（Joseph Frank）发表了论文《现代文学的空间形式》（"Spatial Form in Modern Literature"），提出了现代文学中的空间形式问题，引发了学界对文学中的空间问题的关注。此后，不断有学者进入空间领域的研究，反复强调空间问题在文学中的重要性，空间叙事研究逐渐成为文学研究的一个重要课题。

1. 约瑟夫·弗兰克

约瑟夫·弗兰克首先提出了现代文学中的空间形式这一重要命题。弗兰克认为，其实历史上已经有许多学者、理论家阐释过文学的空间问题了。弗兰克首先梳理了莱辛（Lessing）有关空间的思想，莱辛是历史上第一个系统区分了时间艺术和空间艺术的人。莱辛在其著作《拉奥孔》中对文学和造型艺术做了区分，提出"诗是时间的艺术、画是空间的艺术"的观点。在莱辛之前，文艺复兴以来的文学传统一直秉持一种"诗如画"的传统，即文学要向艺术学习。莱辛处于从古典主义到浪漫主义的转折时期，文学的侧重点从对外部事物的模仿转向对作家内心的反映，开始强调文字的表现力、渲染力和想象力。在这一背景之下，莱辛发觉文学过度模仿艺术而失去了自己的独特性和独立性。莱辛提出诗画有别，绘画用线条和色彩等元素营造出空间的效果，因而是空间的艺术；文学以文字为媒介，是一种线性序列，因而是时间的艺术。文学与艺术各有界限，应该各自守好自己的边界。莱辛提出诗画不同的本意是要为文学辩护，实现文学对艺术的独立。然而，莱辛最后却得出结论：文学也具有视觉艺术的空间性。在此基础上，弗兰克提出了现代主义文学的空间性问题。在弗兰克看来，文学的空间形式是一种美学形式。他分析了现代主义文学在三个层面上的空间形式，即语言的空间形式、故事的空间形式、读者的心理空间。弗兰克细致地分析了最具代表性的现代主义诗人和现代主义小说家的代表作，如 T. S. 艾略特（T. S. Eliot）的《荒原》（*The Waste Land*）、庞德（Ezra Pound）的《诗章》（*Cantos*）、福楼拜（Flaubert）的《包法利夫人》（*Madame Bovary*）、乔伊斯（James Joyce）的《尤利西斯》（*Ulysses*）、巴恩斯（Djuna Barnes）的《夜林》（*Nightwood*）。通过对现代主义诗歌和小说的细读，弗兰克发现，现代主义文学的一个共性是都具有一种形式上的空间性。在现代主义诗歌方面，由于大量的意象的使用和语言的自反性，"现代诗歌在美学形式上主要基于一种空间的逻辑，这种空间逻辑要求读者对语言持一种在方向上来回往复的态度"。① 在现代主义小说层面，弗兰克重点分析了小说中的并置手法，认为场景、时间等的并置消除了过去与现在的线性时序，达到一种空间的深度。最后，弗兰克得出结论称，在现代主义文学作品中，"过去和现在被空间性地看待,被锁入一种没有时间性的统一体，它通过并置的行为突出了表层的区别，消除了历史性序列的任何感觉"；"通过将历史的时间世界转变为神话的无时间世界,这些原型被创作出来。正是这构成现代文学的一般内容的神话的无时间世界在空间形式中找到恰当的美学表达"。② 总之，弗兰克首先提出了文学中的空间现象，指出空间形式是现代主义文学的普遍特征。

2. 加布里尔·佐伦

加布里尔·佐伦（Gabriel Zoran）是空间叙事学的又一重要理论家。1984年，佐伦在《今日诗学》（*Poetics Today*）上发表论文《走向叙事空间理论》（"Towards a Theory of Space in Narrative"），建构了一个被认为是"迄今为止最具有实用价值和理论高度的空间理论模型"。③ 通过建构一个完整的文学空间理论模型，佐伦试图解决文字如何在文本中重新建构空间世界的问题，他的空间概念特指文学文本中虚构的、被再现的世界，是一种抽象的组成。在这篇论文中，佐伦首先指出了叙事中的时间与空间不对称的现象，即文学被认为是时间的艺术，空间的重要性则长期被忽视。接着，他提出了从空间物体到时间媒介的转化原则，即如何把客观世界中的物体转化成构成文本的语言叙述。在静态物的描写中，语言对客

---

① Frank, Joseph. "Spatial Form in Modern Literature". *The Sewanee Review*, 53.2 (1945), P.229.
② Frank, Joseph. "Spatial Form in Modern Literature". *The Sewanee Review*, 53.4 (1945), P.653.
③ 程锡麟等：《叙事理论的空间转向——叙事空间理论概述》，《江西社会科学》，2007年第11期，第28页。

观物体的描述具有选择性，无法对任何物体的空间存在给出完整的表述：其中的一些可以被准确地描述，一些则不能，一些完全被忽视。当同时性部分被作为信息单位表述出来时，它们必须接受某种时间安排。在动态运动的描写中，存在一种时空体，语言通过把空间的信息细节联系到一个行动中来描绘这种状态。小说中的运动可能存在的类型，即一个物体的真实路线、视角的变化、从一个物体联想到另一个物体。全部情节都可以被看成是一种运动，包括路线、运动、方向、体积、同时性等。情节被空间生成，成为把空间单位组织起来的动力。第三，佐伦提出了一种空间的垂直建构等级，包含了地志学层次（the topographical level）、时空体层次（the chronotopic level）、文本层次（the level of textual structure）三个层次。其中，地志学层次是空间的最高再现等级，指作为静态实体的空间，包括：对立的空间概念（农村和城市），人和物存在的形式空间（神界和人界，现实与梦境）。地志学层次可以通过直接描写，通过叙述、对话、论述进行再现。时空体层次指由事件和运动形成的空间结构，包括共时与历时关系。在共时关系这一层面，在叙事的每一点，即在每个共时情形中，一些内容以静止的方式显现，一些内容在运动中显现。例如，空间中特定的物体或人物被赋予移动的能力，另一些则保持静止。在静止状态下，有一个特定的空间背景；在运动状态下，不同的空间背景之间发生转换。文本层次指符号文本的空间结构，即文本所表现的空间。文本的空间结构受到3个方面的影响：（1）语言的选择性（the selectivity of language）——使空间中的一些元素描写完整、清楚、明确，而另一些元素则不清楚、不明确；（2）文本的线性（the linearity of the text）——空间单位在文本叙事中的排序和信息传达的顺序不同，则在读者心中产生的空间图像的效果不同；（3）视角结构（the perspectival structure）——基于"此在—彼在"的双重对照。第四，佐伦还提出了空间的水平结构（the horizontal structure of space），包含了空间单位（total units）、空间复合体（the complex of space）、总体空间（total space）三个层次。空间单位是指场景，包括三种类型：（1）在地志层的场景为地点；（2）在时空层的场景为行动域，即事件发生的空间，没有清晰的地理界线；（3）在文本层的场景为视场（field of vision），包含地点和行动域等任何空间单位，涉及读者在阅读时的回溯性记忆。单一的一个视场是某一特定时刻被观察到的场景。空间复合体指由一系列流动的场景组成的复合体，流动的方式包括两种：在范围上的扩大或缩小；经由投射来转换。总体空间则指存在于超越实际再现空间边界的空间信息，包括来自地志视角的总体空间、来自时空视角的空间、来自文本视角的空间。总的来说，佐伦通过提出文本中的垂直空间结构和水平空间结构，建构了一个完整的狭义空间的理论模型。

3. 詹姆斯·A. W. 赫弗南

詹姆斯·A. W. 赫弗南（James A. W. Heffernan）也对空间叙事学的发展产生了重要影响。1991年，赫弗南在《新文学史》（*New Literary History*）上发表论文《语象叙事与再现》（"Ekphrasis and Representation"），论述了"语象叙事"这一空间叙事的重要概念。赫弗南将"语象叙事"定义为"文字对视觉艺术的再现"。[①] 迄今为止，赫弗南关于语象叙事的定义是最权威、被最广泛地接受的定义。《语象叙事与再现》一文主要讨论了语象叙事与绘画艺术各自对其再现对象的再现问题，以及两种艺术之间的关系。绘画艺术是对客观物体的再现，而语象叙事则是文学对绘画的再现。在赫弗南看来，二者都不可能完全真实再现其对象。另外，就对客观物体的再现而言，语象叙事和绘画之间既相辅相成，共同构成对客观物体的再现；同时，二者也相互竞争，它们中的任意一方都不可能绝对压倒另一方。赫弗南首先追溯了文学对视觉艺术的再现的传统和"ekphrasis"一词的词源和历史。在赫弗南看来，文学对视觉艺术的再现至少可以追溯至荷马在《伊利亚特》第18卷中对阿喀琉斯之盾的描述。语象叙事作为一种文学形式，贯穿了荷马时代的古典诗歌到后现代文学。《牛津古典大辞典》中

---

① Heffernan, James A. W. "Ekphrasis and Representation." *New Literary History* 22.2（Spring 1991）, P. 299.

"ekphrasis"一词表示文学对视觉艺术的再现这一用法始于公元3世纪。1715年,"ekphrasis"进入英语。紧接着,赫弗南通过梳理克里格(Murray Krieger)发表于1967年,名为《语象叙事与诗歌的静止运动;或重返拉奥孔》("Ekphrasis and the Still Movement of Poetry; or Laokoon Revisited")的文章,以及戴维森(Michael Davison)对克里格的评论,给语象叙事这一概念下了定义。赫弗南认为克里格的主要贡献是将语象叙事推向了普遍的诗学原则,使其成为形式主义的一个新概念,而非被限定为某一特定的文类。但赫弗南也对克里格认为语象叙事是时间在空间中凝固的一种方式的观点给予了批评。赫弗南认为,语象叙事绝不是用以描述绘画中最具孕育性的那一刻的文字等同物。而戴维森将古典与当代两极对立,用历时取代克里格的共时的做法,也是不恰当的。赫弗南认为,克里格和戴维森对语象叙事的认识都有其缺陷,一个太宽泛,一个太极端化。基于此,他提出了自己的观点:语象叙事是文字对绘画再现的再现。从这一定义出发,赫弗南提出了几点注意事项:(1)语象叙事用文字再现的对象本身必须具有可再现性;(2)生动的叙事技巧(pictorialism)与具象诗(iconicity)不属于语象叙事的范围,因为他们再现的对象不是图画本身;(3)语象叙事诗歌中可以使用以上两种技巧。通过荷马对阿喀琉斯之盾的描述,赫弗南引入了语象叙事和图画再现的关系以及再现本身与真实的关系的讨论。赫弗南认为,荷马对阿喀琉斯之盾的描述既是文字对图画真实的再现,也是对再现与真实之差异的持续性评论。语象叙事文学释放了文字的叙事冲动(narrative impulse),而绘画却限制了这种冲动。语象叙事与图画既相互补充,也相互竞争。赫弗南主要通过绘画标题来讨论二者的关系。在语象叙事中,存在一种使用拟声法(prosopopoeia)的传统,是一种使静默的物体发声的修辞技巧,墓志铭与画家给图画加标题都属于此类用法。利奥·斯皮策(Leo Spitzer)与让·哈格斯特朗(Jean Hagstrum)已经讨论了语象叙事与墓志铭的用法,赫弗南沿着他们的研究路线集中对绘画标题展开了讨论。他认为,画家给图画加的描述性长标题,尤其是对历史事件与文学题材的描述,主要体现了语象叙事与图画相互补充的关系。而较短的标题则体现了二者的竞争关系。最后，赫弗南通过对济慈的诗歌《希腊古翁颂》（"Ode on a Grecian Urn"）与雪莱的《奥西曼提斯》（"Ozymandias"，又译《奥兹曼迪斯》，或《拉美西斯二世》，或《法老王》等）两首诗歌的细致分析，进一步阐述了上述观点。总的来说，赫弗南对语象叙事这一概念的梳理、定义和论述促进了空间叙事的进一步发展，这是他在这一领域所做出的最大贡献。

4. W. J. T. 米切尔

米切尔（W. J. T. Mitchell）是当代空间叙事的领军人物，著有《语象叙事与他者》（"Ekphrasis and the Other"）、《图像学》（*Iconology: Image, Text, Ideology*）、《图像理论》（*Picture Theory*）、《意象科学》（*Image Science: Iconology, Visual Culture and Media Aesthetics*）、《克隆恐怖》（*Cloning Terror*）、《图像何求？》（*What Do Pictures Want?*）等一系列关于空间和图像的论文和专著，产生了广泛而深刻的影响。米切尔基于皮尔斯符号学的基础，建立了语象叙事三元论。在《语象叙事与他者》中，米切尔提出了语象叙事的三个阶段，即语象冷漠（ekphrastic indifference）、语象希望（ekphrastic hope）、语象恐惧（ekphrastic fear）。在语象冷漠阶段，词与象各有自己体系和机制而相互独立，画是画，诗是诗。在这一阶段，不存在文字对视觉再现之再现的可能性。在语象希望阶段，想象与隐喻使诗画交流成为可能，文字可以实现图画的视觉性。例如，当读者读到一段栩栩如生的语象描述时，内心会产生一种图画般的视觉景象。在语象恐惧阶段，由于语象叙事完全可以使文字实现图像效果，图像与文字的界限被消除，我们会产生一种恐惧感。因为，文字毕竟不是图画，在我们心中所产生的是经过想象加工而生成的图像幻觉，我们必须走出这种幻觉。在米切尔看来，要克服文字所创造的图像错觉，需要心理的、文化的模式。语象叙事的三个阶段之间的互动产生了一种矛盾，即进入语象希望阶段之后，人们期望语言可以逼真、生动地再现图像；随后，人们又会对这种可能性产生恐惧感，害怕无声的图像过于强大而使语言失声，从而对语言造成威胁。米切尔认为，这种矛盾产生于对媒介差异和语义差异的混淆。首先，语言和图像各有其自身的内部规律，二者的媒介存在差异。语言通过文字序列表意，图像通过线条、色彩、形状等表意。排除象形文字等特殊情况，就一般而言，语言有声无形，图像有形无声。其次，就语义而言，语言与图像之间不存在根本的差异。无论是有声的语言还是无声的图符，二者都可以对读者或观者传达一定的主题信息，表达特定的语义，产生情感效果。因此，语言可以讲图像的故事，图像也可以反映语言叙事的内容，这就使得语象叙事成为可能。总之，语言与图像殊途同归，二者虽然媒介不同，但都具有相同的表意功能。语言与图像之间媒介与功能的异同，使得二者互为他者。由于语象叙事侧重的是语言对图像的再现，米切尔在本文中着重强调了语言如何克服它相对于图像的他者性，即语言如何通过无形的文字媒介实现空间艺术的有形性、实体性，从而使语象叙事成为可能。但是在这一过程中，语言又可能会受到图像的威胁，失去声音。这样，在语象叙事中，语言与图像之间既互相靠近又互相斗争，是一种矛盾的关系。实际上，语言和图像之间存在两层他者关系。第一层，就媒介差异本身而言，二者各自都是主体，二者的对立面成为他者，即二者互为主体和他者，只存在差别，不存在等级关系。第二层，就语象叙事而言，二者存在文化领域的等级关系。语象叙事的定义为语言对视觉再现的再现，即语言居于主导地位，图像居于被动地位。因此在语象叙事中，语言与图像不仅仅是媒介上有声对无声的压制，同时也是语言的霸权对图像他者的在文化意义上的压制。正如一切在二元对立体系中位于次等地位的他者，语象叙事中的图像也会对语言造成威胁（如《美杜莎的回视》）。语言为了防止失声的危险，会试图压制图像。例如，在《坛子轶事》（"Anecdote of a Jar"）中，诗人的诗对坛子的描述使僵死的坛子具有了活物的生机，但坛子作为一个被表述物，它的命运始终由诗人的声音支配。因此，在语象叙事中，呈现一种语言与图像的动态的权力斗争关系。而这种微观的权力关系，投射出了整个社会体系内各种"自我"与"他者"之间的关系，如性别、种族、阶级等。可以看出，米切尔反对将词与像对立起来，而是认为二者应该克服他者性。他认为没有纯符号，所有符号都是混合符号，是"意象 X 文本"（image X text），所有的艺术都是混合艺术；文学具有图像的视觉性和空间效果，图像也可以叙事。米切尔对语象叙事研究最大的贡献在于，他将语象叙事纳入文化史的框架之中，企图研究其背后的文化机制。

米切尔的另一专著《图像学》也是空间叙事研究的重要著作。1986年，米切尔的《图像学》出版，为研究诗画关系（pictura-poesis relation）的文学批评家和艺术史家带来了新的兴趣点。米切尔在他早期的专著《布莱克的混合艺术》（Blake's Composite Art）中就涉及姊妹艺术的研究，提出了在当代和传统的阅读中的诗画对立进行意识形态批评的可行性。米切尔的《图像学》一书本质上是理论的（或元理论的），因为它通过对贡布里希（Gombrich）、潘诺夫斯基（Panofsky）、古德曼（Goodman）、伯克（Burke）、莱辛（Lessing）等人对姊妹艺术关系进行比较研究，反驳了流行于19世纪的一个观点：诗画之间存在根本的区别。米切尔主张诗画之间相互融合，认为研究的重点应该落在意识形态等文化问题上，这是对贡布里希等人的观点的修正。1994年，米切尔的《图像理论》出版，是他的又一力作。在这本专著中，米切尔提出了"图像转向"（pictorial turn）、元图像（metapicture）等重要概念，进一步丰富了他的理论体系。2011年，米切尔的《克隆恐怖》面世。在这一论著当中，米切尔将图像研究延伸到生物科技领域，对生物图像进行了论述。米切尔将图像学的研究范围拓宽了，建立了跨学科的研究视角。需要注意的是，米切尔的目的不在于区分诗画的差异，而在于指出图像理论的历史中的问题及其对意识形态批评的可能的解决方案。

本章小节

空间转向是20世纪后半期的一个重要事件，各学科领域纷纷将目光转向空间问题研究。在社会学领域，列斐伏尔和福柯是最重要的思想先驱，他们的研究表明空间具有社会属性。空间不是一个客观的、中性的容器，而是政治性的。空间是人类社会活动的产物、是社会关系的表征，是种族、性别、阶级的权力关系网络。在文学研究领域,空间转向主要表现为叙事学的空间转向,空间叙事学应运而生。1945年,约瑟夫·弗兰克的著名论文《现代文学的空间形式》首先提出了现代文学中的空间形式问题,影响深远,文学中的空间问题开始得到重视。1984年,加布里尔·佐伦发表论文《走向叙事空间理论》,为文学研究中的空间叙事研究建构了一个完整的理论模型。1991年,詹姆斯·A.W.赫弗南发表论文《语象叙事与再现》,侧重研究了"语象叙事"这一空间叙事的重要概念,为空间叙事研究提供了新方向。当代空间叙事研究的领军人物则是W.J.T.米切尔,他通过《语象叙事与他者》《图像学》《图像理论》《意象科学》《克隆恐怖》《图像何求?》等一系列关于空间研究和图像研究的论文和专著,将空间研究纳入文化领域,建立了跨学科的视角,将空间叙事推进一个新的阶段。

第二章 《黑暗的心》空间叙事策略

英国籍波兰裔作家约瑟夫·康拉德（Joseph Conrad）以其对小说发展的重要贡献而被公认为是英国文学史上的一位经典作家。康拉德在小说技巧上的创新使他被视为英国现代主义小说的重要先驱，他对航海题材小说的深度运用使他被视为"海洋小说大师"。康拉德的代表作《黑暗的心》(*Heart of Darkness*)是英国20世纪开端的现代主义小说的一部先声之作，对后来的作家产生了深远的影响，多次被改编成电影、电视作品而风靡全球。《黑暗的心》是一部具有很强空间性的小说，其标题"黑暗的心"本身就蕴含着很强的空间指向。这一小说文本无论在结构还是在叙事技巧上，无论在内容还是在主题上，都具有极强的空间性。从小说形式上看，《黑暗的心》采用了嵌套叙事的叙事结构、语象叙事等叙事技巧，使文本在内部就产生了一种图像的空间效果。小说的主要情节涉及从欧洲到非洲以及在非洲大陆内部的频繁的地理空间迁移，使小说在内容上给人强烈的空间感。从小说主题上看，《黑暗的心》反映了19世纪后半叶欧洲帝国为了最大限度地追逐资本和实现资本的扩张，在全球范围内主导殖民空间生产和资本空间生产，传达出康拉德对于作为"万恶之源"的欧洲资本主义的强烈批判。

一、康拉德与《黑暗的心》

约瑟夫·康拉德（1857—1924）是英国文学史上最著名的经典作家之一，他的小说在写作技巧上具有现代主义特征，在内容上关注现代生活。因而，康拉德被公认为英国现代主义小说的一位重要先驱。康拉德的人生极富传奇色彩，他出生波兰上流社会却半生漂泊，拥有二十余年的航海经历，这也成为他的小说最主要的素材。康拉德对海洋题材小说做出了重大贡献，因而他被认为是"海洋小说大师"。1890年，康拉德沿非洲刚果河航行，这段经历成为他八年以后创作《黑暗的心》的素材。尽管《黑暗的心》在面世之初，相对于康拉德的其他作品而言没有引起应有的重视，但经过一个多世纪的时间的检验，《黑暗的心》已经被公认为康拉德的重要代表作，也是他最负盛名的作品。

（一）康拉德小传

波兰裔英国作家约瑟夫·康拉德（Joseph Conrad）是20世纪英国文坛上最重要、最著名、最伟大的作家之一。不仅如此，康拉德在整个英国文学史上也占有及其重要的地位，被认为是英国现代主义小说的重要先驱和海洋小说的重要代表作家。他一生著述颇丰，创作了18部中长篇小说、28篇短篇小说、2篇回忆录以及多篇散文等。当然，康拉德的文学声誉主要源于其在小说创作上取得的巨大成就。波兰语是康拉德的母语，法语为他的第二语言，英语仅为他的第三语言。然而，康拉德在小说上取得的最大的成就却是以英语写作的作品，康拉德卓越的语言天赋可见一斑。《"水仙号"上的黑水手》（*The Nigger of the "Narcissus"*，1897年）、《黑暗的心》（*Heart of Darkness*，1899—1902年）、《吉姆爷》（*Lord Jim*，1900年）、《诺斯托罗莫》（*Nostromo*，1904年）、《间谍》（*The Secret Agent*，1907年）、《在西方视野下》（*Under Western Eyes*，1911年）、《机缘》（*Chance*，1913年）、《胜利》（*Victory*，1915年）等一系列脍炙人口的英语小说奠定了康拉德在英语文学界无可争议的经典作家的地位。

第二章 《黑暗的心》空间叙事策略

　　和许多伟大的作家一样，康拉德的人生经历十分丰富，一生颇具传奇色彩。康拉德原名约瑟夫·特奥多·康拉德·科尔泽尼奥夫斯基（Józef Teodor Konrad Korzeniowski），1857年12月3日生于波兰，1887年加入英国籍，1924年8月3日与世长辞。康拉德的父亲阿波罗（Apollo）和母亲伊娃（Eva）皆为波兰权贵后裔，父亲阿波罗是一位才华横溢的诗人、翻译家，熟读英国文学和法国文学，常常在家中为年幼的康拉德诵读英国和法国文学作品。无疑，这在年幼的康拉德心中播下了文学的种子，对日后康拉德的文学生涯产生了深刻的影响。康拉德的祖国——波兰的特殊国情使得"殖民"成为他的作品的一个重要主题。1772年，波兰被俄国、普鲁士、奥地利三国瓜分。随后，1793年和1795年又再度被瓜分。在康拉德出生的1857年，波兰已经被外族殖民长达85年。在被殖民期间，波兰人民奋起反抗，多次组织革命起义，争取民族独立，但都归于失败。康拉德的父亲阿波罗也是一位爱国的有识之士，一直致力于反抗俄国的殖民统治、实现民族的独立自主的斗争。1863年，阿波罗被捕，举家被流放到距莫斯科几百英里以外的沃罗格达（Vologda）地区。沃罗格达的冬天气候严寒，康拉德的父母无法适应，他们的身体受到了极大的损耗。1865年，康拉德的母亲伊娃死于肺结核；1869年，康拉德的父亲也去世。此时，年仅12岁的康拉德成为孤儿，随后被舅舅塔丢斯·波布洛夫斯基（Tadeusz Bobrowski）收养。塔丢斯对康拉德的关心和爱护无微不至，先是送他到克拉科夫（Krakow）上学，后又为他找了一位家庭教师并且送二人前往日内瓦（Geneva）游学。但康拉德始终无法适应学校生活，同时也不喜家庭教师试图改变自己对生活和世界的看法的做法，最终说服塔丢斯同意他当一名商船水手。1874年，17岁的康拉德离开波兰前往法国，开始在法国商船上做水手。从此，康拉德开启了他长达二十余年的航海生涯。接下来的四年，康拉德的航船分别去了西印度群岛和委内瑞拉等地。但是1878年，法国移民当局禁止康拉德继续在法国商船上做水手。于是，康拉德便前往英国，并在接下来的16年一直在英国商船上做水手。这二十余年的海上生涯使得康拉德有机会直接接触到当时的世界各地的风土著人情和国际格局，能够深入细致地观察世间诸相和人情百态。康拉德的航海经历在极大地开阔他的眼界的同时，也促使他对现状进行了深刻的反思。因此，康拉德这二十余年的航海生活为他的小说创作提供了极为丰富的素材。1889年，时年32岁的康拉德开始创作他文学生涯的第一部小说《阿尔迈耶的痴梦》（*Almayer's Folly*，1895）。1894年，康拉德的舅舅塔丢斯去世，37岁的康拉德决定结束航海生涯而专门从事写作。随后，康拉德与杰西·乔治（Jessie George）结婚，迈入稳定的婚姻生活和写作生涯。

　　康拉德是英国文学现代主义小说家的重要先驱。不同于英国维多利亚时期小说家在内容和写作技巧上遵循传统写作模式，康拉德的小说具有明显的现代主义小说特征，是英国现代主义小说的一位重要先驱。在一定程度上来说，康拉德的小说具有超越他所在的时代的前瞻性。在小说结构上，康拉德打破传统小说遵循的开端——高潮——结局的线性叙事模式，而采用具有空间效果的叙事模式。在小说技巧上，康拉德继承了著名的心理现实主义小说家和理论家亨利·詹姆斯（Henry James）对小说技巧的革新，注重对人物内心世界和意识活动的描摹。可以说，小说人物内心独白、自由联想、记忆等自主或不自主的意识活动构成了康拉德小说的一个极其重要的部分。与此紧密相关的是，康拉德小说的叙事框架具有嵌套叙事的显著特点。康拉德摒弃了传统的第三人称全知全能叙事视角或者上帝视角，而在小说中交替使用第一人称叙事视角和第三人称限定性叙事视角。这样一来，叙事视角变得更加复杂和灵活，由于传统上被看作权威的全知全能叙事者或作者的隐匿，叙事也变得更加"客观"，读者能更大限度地参与小说文本意义的建构，因而小说文本具有更丰富的内涵意义和强大的生命力。并且，康拉德的小说大多不止一个叙事者，而是具有多个叙事者，因而他的小说一般具有多层叙事框架，小说结构呈现故事套故事的嵌套叙事或多层框架叙事的特征。在语言上，尽管英语只是康拉德使用的第三语言，但他的超凡的语言天赋却使他娴熟地驾驭了英语，这在他的英语小说中表现为极具诗意、美感和情感感染力的措辞，以及意蕴悠远、含义丰富的语言风格。在内容上，康拉德小说主要以长达其二十余年的海上经历为素材，

第二章 《黑暗的心》空间叙事策略

因而康拉德也被公认为"英国海洋小说大师",是这一领域的重要代表。在主题上,康拉德小说以其丰富的主题、深沉的内涵而著称。正因为此,康拉德的小说以其深远的意蕴在不同的时代被不断发掘出新的内涵,从而焕发出勃勃的生机和强大的生命力。

时至今日,国内外学界对康拉德的研究已然形成巨大的规模,并且还在不断地发展。康拉德最重要的几部小说——《黑暗的心》(*Heart of Darkness*)、《吉姆爷》(*Lord Jim*)、《诺斯托罗莫》(*Nostromo*)、《间谍》(*The Secret Agent*)、《胜利》(*Victory*)——从最开始出版便引起了评论界的高度重视和读者的青睐,进入最有影响力和最具诗意的英语小说之列。值得一提的是,康拉德的小说的这种旺盛的生命力延续至今。1998年,兰登书屋评选了20世纪的一百部英语小说,康拉德的小说就占据了四部。并且,康拉德的小说很早就进入了英国和美国的大学课堂之中,被列为大学生必读的经典文学作品。另外,康拉德的多部小说和短篇小说都被改编成话剧、歌剧、电影和电视作品,甚至有好几部小说都被多次改编。例如,《胜利》(Victory)分别在1919年、1930年、1940年、1995年被改编成电影,1930年甚至同时出现了两个版本的改编;《吉姆爷》(*Lord Jim*)分别在1925年和1965年被改编成电影;《间谍》(*The Secret Agent*)分别在1936年和1996年被改编成电影。截至目前,共有3部康拉德的小说被改编成电视剧,即《黑暗的心》(*Heart of Darkness*)、《诺斯托罗莫》(*Nostromo*)、《间谍》(*The Secret Agent*)。其中,英国广播公司(BBC)、美国波士顿公共广播公司(PBS)、意大利和西班牙电视网于1997年合作拍摄了《诺斯托罗莫》(*Nostromo*)。《间谍》(*The Secret Agent*)则在1992年、2016年两度被英国广播公司(BBC)改编成电视剧。在康拉德所有的小说中,《黑暗的心》(*Heart of Darkness*)被改编的次数最多、类型也最齐全。《黑暗的心》在1979年被改编成电影,名为《现代启示录》(*Apocalypse Now*);1958年、1993年先后被美国哥伦比亚广播公司(CBS)和美国特纳电视网(TNT)改编成电视剧;2011年则被改编成歌剧,再度被搬上舞台。康拉德的重要性以及他的小说的巨大魅力从他的作品被改编

成影视作品的盛况便可一窥。

（二）《黑暗的心》概略

《黑暗的心》（Heart of Darkness）是康拉德最负盛名的代表作之一，被认为是20世纪影响最深远的十部小说之一。1998年美国兰登书屋旗下分支现代图书馆（Modern Library）评出一百部20世纪最好的英语小说，《黑暗的心》位列第67位。《黑暗的心》篇幅不长，但却蕴含着丰富的主题、深沉的哲思、深刻的思想内容。这部小说是康拉德根据他1890年沿着刚果河（Congo River）的航行经历创作而成的。1890年，康拉德受雇于一家比利时商贸公司，在该公司的一条汽船上做水手。后来，汽船行至刚果河时，船长却病倒了，于是授权康拉德代为指挥汽船的航行。1898年，已经从非洲返航八年的康拉德根据自己的记忆和当年航行沿途所做的笔记等素材，开始创作《黑暗的心》这一小说文本。次年二月、三月、四月，《黑暗的心》以连载的形式分三次刊发在《布莱克伍德杂志》（Blackwood's Magazine）上，而1989年《布莱克伍德杂志》刊登《黑暗的心》的第一部分的二月刊乃是庆祝该刊发行第1000期的特刊。三年后，《黑暗的心》与康拉德的其他两部中篇小说《青春：一部叙事》（Youth: a Narrative）、《走投无路》（The End of the Tether）一起被编为一部合集，名为《青春：一部叙事与其他两则故事》（Youth: a Narrative, and Two Other Stories）。然而，康拉德本人否认这三部小说在艺术目的上具有共同性（unity of artistic purpose）。此后，《黑暗的心》便以单行本面世，并不断地被翻译成多种语言，改编成多个版本、不同类型的影视作品而被搬上舞台和大小荧幕。

《黑暗的心》记录了英国船长马洛在一艘停靠在伦敦泰晤士河入海口处的海船"赖利号"上对四名船员讲述的他曾经在非洲大陆上的一段难忘经历。马洛从小就酷爱探险，梦想长大后到世界各地探险，并在成年后果真当上了水手。在完成一次长达六年的东方游历后，马洛决定找一条船来自己指挥，于是他拜托一位上流社会的姨母帮忙在一个叫康采恩的贸易大公司谋一个内河汽船船长的职位。由于这位姨母的推荐，加之当时该公司

第二章 《黑暗的心》空间叙事策略

在非洲的一个汽船船长刚好被当地土著人打死,马洛顺利地得到了到非洲内陆做船长的差事,被派遣到一个名叫库尔茨的公司代理人管辖的区域行船。马洛到如坟墓般阴森的贸易公司办完了手续、接受了各项体检后便立即启程前往非洲。他首先乘坐一条法国轮船离开英国,这条船将许多士兵和海关人员下放到沿途的每一个港口,马洛也初步观看到长期被欧洲殖民的非洲海岸沿线的陆地景观,同时目睹了船上一些白人殖民者无法抵抗热病而快速死去的情形。经过一个多月的航行,大船停在了离公司管理机构所在地不远、但离马洛的工作地还有两百多英里的地方,马洛于是转乘一条小船继续航行,并在离公司贸易站不远的海边登陆。在前往贸易站的路上,马洛看到了非洲黑人劳工修建铁路的场景,并震惊于一大群病弱的黑人劳工被抛弃在一个巨大的土坑里等死的情形。在贸易站,马洛受到了公司会计主任的接待,看到一位奄奄一息的白人代理人,并通过会计主任首次听到库尔茨的名号。停留了大约十天后,马洛再次起程前往下一个中继站,即公司总站。在前往总站的路上,马洛与一个受到热病侵袭而病倒的白人殖民者结伴而行,沿途十分荒凉,到处都是被土著人抛弃的村庄和房屋。总站由一名经理管理,马洛认为这位经理一无是处,十分平庸,大约是他不同寻常的健康身体才让他坐稳了经理这个位置。除此之外,站里还有十多个尚在等待机会的白人,这群白人整日处在一种神经质的状态。马洛被告知,不久前原本指派给他的那条汽船沉了。于是,他只得先将汽船的残骸打捞出来,尔后自行修复船只。修复船只要花上几个月的时间,马洛不得不在贸易总站停下前进的脚步。在马洛停留总站期间,他的见闻使他深深地感觉到这个总站充满了阴谋诡计的氛围,经理和那群白人游民都像贪婪的怪物,满肚子算计,人人都在为自己的私利勾心斗角。并且,马洛也目睹了黑人劳工被虐打的场景。最为重要的是,马洛从经理的口中再次了解了库尔茨,这终于激发他对库尔茨的好奇心。

几个月后,船只被整修好了,马洛与经理一行一同出发前往库尔茨所在的贸易站,他们在途中收服了一队食人生番作为护卫。随着汽船不断向库尔茨所在的贸易站接近,刚果河两岸的陆地越发像最古老的原始世界,河水幽暗，河中充满暗礁，岸边则密林丛生。原来，库尔茨所在的贸易站位于非洲腹地最深处，几乎没有欧洲文明的印记。正是在这被其他白人殖民者看作最危险而轻易不敢踏足的地带，库尔茨通过暴力镇压以及话语建构等方式，使当地土著人完全臣服于他，从而建立了猎取象牙最多的贸易站，被其他殖民者羡慕和嫉妒。实际上，库尔茨已经在当地建立起相对稳定的殖民统治，他居住的房屋周围甚至堆起反抗的土著人的头骨做外墙的装饰。当马洛一行人到达库尔茨的贸易站时，库尔茨已经病入膏肓，奄奄一息。但库尔茨一心记挂着他要最大限度猎取象牙的"伟大计划"，同时他疑心随马洛一起到来的经理一行人居心不良，因而拒绝离开贸易站。为了阻止马洛等人的到来，库尔茨还命令他收服的土著人在路上对他们发动攻击。马洛等人到来贸易站后，库尔茨试图半夜逃跑，但被马洛发现而逃跑失败。最终，库尔茨还是被带上马洛的汽船，但不久就死去。库尔茨临死前，将一张未婚妻的照片、一捆信件以及一些演讲报告交给马洛。马洛回到英国后，与库尔茨相关的各路人马纷纷找上门。马洛给了贸易公司库尔茨的演讲报告，给了自称库尔茨表兄的人一些笔记和家族信件。最后，马洛找到库尔茨的未婚妻，将照片和剩下的信件交到她手中。最后，马洛结束了他的回忆，小说在"赖利号"即将开始的新的航行中戛然而止。

二、《黑暗的心》的图像叙事特征

《黑暗的心》是康拉德最负盛名的小说，被认为是英国最早的真正意义上的现代主义小说。在一定程度上来说，对空间的关注与现代性有密切的关系。随着视觉科技的不断进步，资本主义的不断发展，现代生活呈现出碎片化的特征。在这种情况下，传统小说按部就班的线性叙事模式以及无法适应新的生活式样和时代特点。为了适应新的要求，现代主义小说开始注重叙事的空间性，力图通过具有视觉性的文字、叙事结构来实现小说文本内部的空间化效果。在《黑暗的心》中，康拉德通过运用嵌套叙事、语象叙事以及对色彩的大量运用来实现文本内部的空间效果。

（一）嵌套叙事

《黑暗的心》在叙事结构上使用了嵌套叙事，因而在文本内部的结构层面具有一种空间化的效果。嵌套叙事指的是在同一小说文本内，叙事结构呈现故事套故事的特征。在嵌套叙事文本中，至少存在两个故事，即一个主体故事和一个嵌套故事。主体故事与嵌套故事在主题上相互呼应，不仅能强化主题的表达，而且能进一步升华小说内涵。在《黑暗的心》这一小说文本中，主体故事由"赖利号"上的四位船员中的一位讲述，而嵌套故事则由马洛讲述。因此，《黑暗的心》中有两位叙事者，四名船员中的一位无名船员以第一人称讲述了作为第三人称的马洛的故事——马洛从欧洲到非洲的航海经历；马洛又以第一人称讲述了作为第三人称的库尔茨的故事——库尔茨在非洲由盛而衰的殖民过程。

"赖利号"上的无名船员使用第一人称直接叙事，构成了《黑暗的心》的主体故事。小说一开篇，无名船员就交代了故事发生的时间、地点、人物，指出这是在一个潮水上涨的傍晚，船长马洛和包括叙事者在内的四名船员在船上闲聊。随着时间不断地推进而进入黑夜，一种黑暗、压抑、不祥的氛围被渲染出来，预示与呼应了马洛即将要讲的关于"黑暗"的故事。马洛开始讲故事以后，无名船员数次介入他的叙事，不仅与马洛对话，也观察马洛和其他船员的情况，还不时对周围环境做描述，小说最后也是以无名船员对马洛及马洛所讲述的故事的沉重反思结束的。因此，无名船员的主体叙事具有一个完整的结构。不仅如此，无名船员的叙事是对马洛形象的建构的重要一环，他对马洛的外貌做了三次直接描述。小说一开始，无名船员就描述了马洛的形象。"马洛盘着腿坐在船尾的右边，身子倚在中桅上。他两颊下陷，脸色发黄，背挺得很直，显得很能吃苦耐劳的样子，由于他两臂膀下垂，手心朝外，看上去真像一尊神像"。[①] 马洛开始讲故

[①] 康拉德：《黑暗的心》，黄雨石译，商务印书馆，2012，第5页。（本章后文中对《黑暗的心》的引用一律采用文内加注的形式进行标注，不再单独列出脚注。）

事后不久，无名船员再次描述了他的神态。"他又开始说道，同时弯起一条胳膊，把手掌向外伸着，再加上他盘着两腿，那样子真像一尊会说法的菩萨，只不过他穿着欧洲人的服装，身子下面并没有一朵莲花罢了"（康拉德，第13页）。小说结尾处马洛结束他的故事时，无名船员第三次描述了他的姿容。"马洛停止了，他形象模糊、沉默地单独坐在一边，那样子完全像入定的菩萨"（康拉德，第247～249页）。无名船员对马洛外貌的这三次描述都有一个共同的特点，那就是强调马洛像一尊神像或菩萨，这表明了马洛如神灵一般，具有欲望极其淡薄的性格特征，与马洛故事中的欧洲白人殖民者的毫无节制、欲壑难填形成鲜明对比。从某种程度上来说，正是马洛这种在个人欲望上的节制使他成为唯一一个前往非洲殖民地后能全身而退的人，也使得库尔茨的故事能被他传递出来，使小说的嵌套叙事成为可能。

马洛以第一人称视角讲述了库尔茨的故事，构成了《黑暗的心》的嵌套故事。马洛的叙事以对话的形式实现，直接囊括在引号中。马洛的叙事以他的回忆为基础，沿着他个人的经历和观察推进，是一种线性叙事。他首先交代了自己为何要去非洲、如何去的非洲，接着讲述了他从欧洲到非洲的过程，包括乘船的经历、登陆的见闻，紧接着就讲述了他在非洲大陆的经历，这一部分构成了他的叙事主体。马洛关于他在非洲大陆的经历的叙事节奏是随着地理空间的变换而推进的，首先是登陆时的海岸线，接着是到达刚果河的河口，随后是进入作为贸易公司管理机构的贸易站，然后是前往经理所在的贸易总站，最后是到达库尔茨的贸易站所在的非洲腹地。很明显，马洛的这一线路清晰地显现出了一种在地理上由边缘到中心的路径特征。从地理环境上看，越是深入非洲腹地，原始丛林越是茂密，越是具有神秘的史前大陆的特征，从而越是显得未知、"黑暗"。"我们一步一步更深入到黑暗的腹地去"（康拉德，第107～109页）。"沿河而上的航程简直有点儿像重新回到了最古老的原始世界，那时大地上到处是无边无际的植物，巨大的树木便是至高无上的帝王"（康拉德，第103页）。从情节上看，马洛到非洲的目的地非常明确，就是前往库尔茨所在的非洲腹地的内陆河。从最开始登陆非洲到最后到达库尔茨的贸易站的过程，也是马洛逐渐接近人类的贪欲、人性卑劣的"黑暗"过程。从最初的海岸线到刚果河河口，经过会计主任的贸易站和经理的贸易总站，最后到库尔茨的贸易站，马洛越是接近目的地，欧洲白人殖民者的内心越是自私、险恶、贪婪，这种人心的"黑暗"最后在库尔茨身上达到极致。因此，从叙事方式看，马洛的线性叙事本身就是随着空间的转换而逐渐深入，因而具有明显的空间性；同时，马洛的叙事在多个主题层面都呈现一种从边缘指向中心的图像效果（如图2-1所示）。

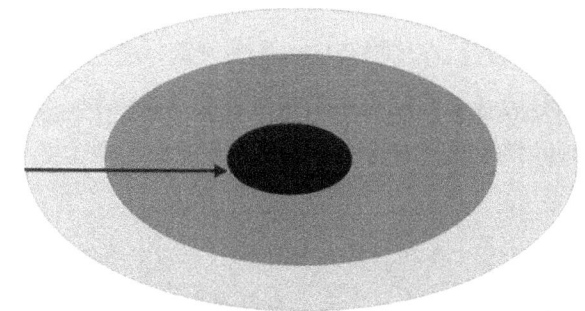

图 2-1

（二）语象叙事

语象叙事（Ekphrasis）在西方文学史上有着悠久的传统，可追溯至古希腊时期。在不同的历史时期，语象叙事的定义和内涵在不断地丰富和发展，从最开始的修辞手段演变为一种文学体裁，在当代则被认为是一种普遍的文学原则。在文学作品中，语象叙事主要指"对艺术作品（绘画、雕塑、摄影、广告等）、人物形象及行为、场景（自然景观和人造景观）等的视觉再现的文字再现"。[1] 换言之，语象叙事是以文字的形式实现对艺术作品、人物、场景等视觉的再现，其最为重要的特征是通过这种文字再现在读者心中达到一种栩栩如生的效果，使读者感到如同亲临其境，从而在读者心

---

[1] 程锡麟：《〈夜色温柔〉中的语象叙事》，《外国文学》，2015年第5期，第39页。

中生成一种心理图像。在《黑暗的心》中，语象叙事是一个明显的特征，主要表现在对自然景观、人物、绘画和照片等方面的描写，不仅使小说文本以文字的形式呈现出一种生动的图像效果，而且对小说的主题刻画具有重要作用。

1. 场景的语象叙事

《黑暗的心》采用了嵌套叙事的结构，有两位叙事者，交替使用第一人称和第三人称的叙事视角。因此，小说中关于场景的语象叙事透过无名船员和马洛两位叙事者的眼睛呈现出来。无名船员在场景方面的语象叙事主要是关于自然景观的。在《黑暗的心》一开篇，康拉德就通过主体故事的叙事者无名船员展开了四段关于自然景观的语象叙事。首先，无名船员对"赖利号"所停靠的泰晤士河海港的自然环境做了描述：

> 泰晤士河的入海口，像一条没有尽头的水路的起点在我们面前伸展开去。远处碧海蓝天，水乳交融，看不出丝毫接合痕迹；衬着一派通明的太空，大游艇的因久晒变成棕黄色的帆船，随着潮水漂来，似乎一动未动，只见它那尖刀似的三角帆船像一簇红色的花朵，闪烁着晶莹的光彩。在一直通向入海口的一望无际的河岸低处，一片薄雾静悄悄地漂浮着。格雷夫森德上空的天色十分阴暗，再往远处那阴暗的空气更似乎浓缩成一团愁云，一动不动地伏卧在地球上这个最庞大，同时也最伟大的城市的上空。（康拉德，第3页）

这段语象叙事使用了"碧""蓝""通明""棕黄色""红色""晶莹""阴暗"等表示色彩的词语，由远及近的叙述形象地描述了"赖利号"所在位置的自然环境，宛如一幅风景画在读者眼前缓缓展开。同时，这段语象叙事在色彩的使用上明显有一个从明丽到阴暗压抑的过渡，为马洛即将讲述的关于"黑暗"的故事初步营造出了恰如其分的氛围，这种空间氛围的渲染能迅速地将读者带入故事的状态中。紧接着,无名船员交代了"赖利号"停靠后马洛和四位船员安静的状态,并进一步描述了随着时间推移而改变的自然环境:

> 那即将结束的一天,静谧而晴朗,显得一派安详。水面闪烁着宁静的微波——天空一碧万顷,寥廓而莹澈,显得是那样温和;连埃塞克斯澡泽地上空的浓雾也变得像一片雾霭或闪亮的薄纱,撕开它半透明的褶皱,从岸边林木茂密的高地上飘去,直到把低处的河岸全给掩住。只有向西覆盖在上游河道上的乌云,似乎因落日的来临而十分恼怒,每一分钟都变得阴森了。(康拉德,第5页)

这一段语象叙事在时间上较上一段语象叙事稍晚,从明亮的下午时分进入到黄昏,薄雾也渐渐变浓。紧接着,时间进入了傍晚:

> 最后,太阳循着一条弧线,以难以察觉的速度慢慢落了下去,它的刺眼的白光已变成了一团无光无热的阴暗的殷红,似乎那笼罩在人群上空的浓云的触摸已置它于死地,它现在马上就要完全消失了。(康拉德,第5页)

这一段语象叙事描述了傍晚的日落时分,乌云笼罩,太阳的光芒从白天的光亮变成了"阴暗的殷红",一种不祥的感觉呼之欲出。紧接着,太阳完全消失了,时间进入夜晚,"赖利号"周围的景色变得更加阴森恐怖。"刹那间,河水上的景象完全变了,那一派安详的气氛已完全失去了原来的光辉,变得更为深沉了"(康拉德,第5页)。

《黑暗的心》在一开篇就密集地展开了对自然景色的大段的语象叙事,是有其深意的。如果读者仔细阅读就会发现,这四段语象叙事实际上是沿着从下午到夜晚的时间推移不断深入展开的。随着时间的推移,天色逐渐

从明亮向昏暗、黑暗过渡，河流上空逐渐由澄澈空向至薄雾升起、浓雾笼罩过渡，气氛也逐渐从白天的安详静谧向夜晚的阴森压抑转变。从叙事节奏上看，这四段语象叙事有一个渐变的过程，色调由浅及深，宛如电影镜头的缓缓推进，具有强烈的视觉效果。实际上，这不仅是对马洛即将讲述的故事的铺垫，更是对马洛叙事进程由文明世界进入野蛮之地、逐渐深入人性黑暗地带的过程的呼应，因而有力地强化了小说的主题刻画。

除了无名船员的叙事中夹杂了大量的场景语象叙事外，马洛在地理空间上不断迁移的经历也使他的叙事不可避免地充斥着大量关于场景的语象叙事。马洛在场景方面的语象叙事分为两类，一类是关于非洲的自然景色的语象叙事，一类是关于欧洲和非洲的人造景观的语象叙事。马洛关于自然景观的语象叙事主要是出自他在非洲大陆的见闻。首先，当他乘坐的法国轮船即将抵达非洲大陆时，他看到了以下的海岸线景观：

> 这海岸线几乎看不出有任何特点，仿佛还在形成之中，只给人一种单调、阴森的感觉罢了。那巨大的丛林边缘，过深的暗绿色几乎已变成了黑色，沿边镶着一条笔直的、仿佛用直尺画出来的白色浪花组成的流苏，沿着那在爬行着的迷雾下失去光华的碧海远远地向前伸去。太阳光是那么强烈，陆地看去闪闪发光，在蒸汽下显得湿淋淋的，这里，那里，在层层白色的浪花中，忽然出现几个灰不灰、白不白的污点，污点上方也许正飘扬着一面国旗（康拉德，第35页）。

这段语象叙事构成了马洛对非洲大陆的第一印象，使用了"暗绿色""黑色""白色""碧""白不白""灰不灰"等多个表示色彩的词汇，十分传神地勾勒出了非洲大陆外缘荒凉而神秘的景象，巨大而幽暗的原始丛林充满未知数，传达出马洛对于非洲大陆的不确定感。随后，当马洛越来越深入非洲内陆，周围的自然环境显得越发神秘莫测，密林丛生，河水幽暗。在驶向库尔茨的贸易站的汽船上，马洛观察到："一条空荡荡的河流，一

第二章 《黑暗的心》空间叙事策略

种无边无际的沉默,一片无法穿越的森林。空气是那样温暖、浓密、沉重和呆滞……一段段漫长的水道,沿途荒无人烟,不停地向前流去,流进远方的一片阴森的黑暗中"(康拉德,第103页)。实际上,这样的自然环境描述构成了叙事者对人内心的最深处的幽暗地带的外化。

除了自然环境,马洛的叙事中包含了大量的对人造场景的语象叙事,主要表现在他对贸易公司在欧洲的总部以及在非洲设立的包括会计主任所在的贸易站、经理所在的贸易总站、库尔茨所在的贸易站的站点的描述。贸易公司总部办公室的所在地是"在一片阴暗中"的"寂静无人的街道",马洛看到"高大的建筑、无数安有百叶窗的窗户、死一样的沉寂、从石头缝中长出来的青草,左边右边都是庄严的马车拱道,巨大的窗户死气沉沉地半开着"(康拉德,第5页)。这段语象叙事寥寥数笔便勾勒出了贸易公司如坟墓般的阴森氛围,贸易公司如同地狱的入口,预示了马洛的非洲之行将是一场地狱之行,有力地铺垫了他的黑暗之旅。马洛对非洲大陆上的人造景观的语象叙事最集中地表现在他对库尔茨的贸易站的描述上。抵达库尔茨所在的贸易站后,马洛遇到了一个十分崇拜库尔茨的俄国小伙子,他在船上一边听这个小伙子讲库尔茨的故事,一边拿着望远镜观望库尔茨居住的房子:

> 我把望远镜转向那所房子。那里看不到任何生命的迹象,可是那里的那些破败的屋顶,用泥垒起来的长排的墙壁,却从深草中伸出头来向外张望,墙壁上还有大小不一的三个方形窗孔:这一切从望远镜里看去仿佛都近在手边。接着我猛地一转望远镜,不料那已不称其为围墙的一根木桩却跳进了我的望远镜的视野……接着我又用望远镜从一个木桩看到另一个木桩……那些圆球状的东西并不是什么装饰品,而是象征性的标记……这些悬在木桩顶上的人头,要不是它们的脸全部向着房子那边,一定还会具有更丰富的表情……那第一个人头——他仍旧挂在那里——深黑、干枯、眼睛紧闭着——仿佛在木桩顶

上已经睡着了，那已经干缩的嘴唇露出一线白色的牙齿，正在微笑……（康拉德，第181~183页）

在这一段关于库尔茨所居住的环境的语象叙事中，马洛透过望远镜看到了一个十分骇人的景象。库尔茨为了最大限度地猎取象牙，对非洲土著人实行暴力镇压和血腥掠夺。库尔茨不仅将反抗他的土著人残忍杀害，还将他们的头骨插在木桩上，以一根根人头木桩围在他所居住的房屋周围做围墙。一方面，库尔茨用这些人头"围墙"来暗示他的成功，这种物理空间的建构在视觉上极具威慑力，是他在当地土著人中间建构统治权威的一个重要手段。另一方面，这些累累白骨也表明库尔茨的丧心病狂，他所猎取的象牙沾满了非洲土著人的鲜血，因此这些人头木桩也象征了库尔茨的滔天罪恶。无疑，这一景象深深地震撼了马洛，更加加深了他对人性中的黑暗的认识。

2. 人物的语象叙事

除了大量的关于场景的语象叙事，《黑暗的心》小说中也有大量关于人物形象的语象叙事，这主要通过无名船员和马洛两位叙述者的眼睛展开。作为主体故事的叙事者，无名船员的叙事建构了马洛的形象；作为嵌套故事的叙事者，马洛的叙事建构了非洲黑人以及欧洲白人会计主任、经理、库尔茨等人的人物形象。关于无名船员对马洛形象的建构，笔者已在本节第一部分"嵌套叙事"中做了较多论述，故此本部分不再赘述，而将论述重点放在马洛对非洲土著人和欧洲白人人物形象的语象叙事上。

马洛刚登上非洲大陆就看到了一群被奴役的非洲土著人。"我可以看见他们的每一根肋骨，他们手脚上的关节都像绳子上的疙瘩一样鼓了出来；每个人的脖子上都戴着个脖圈，把他们全拴在一起的铁链在他们之间晃动着，有节奏地发出哐啷声"（康拉德，第43页）。通过"每一根肋骨"、关节像"绳子上的疙瘩一样鼓出来"这样的表述，非洲土著人在身体上忍饥挨饿的形象跃然而出；而"把他们拴在一起的铁链"则将他们被欧洲殖民者奴役的苦难形象树立起来。在从经理的贸易总站到库尔茨的贸易站的途中，马洛和经理一行人用每星期三段铜丝的"工资"雇用了一队二十人的食人生番。"那领头的，一个膀大腰圆的年轻黑人，披着一件深蓝色带流苏的依附，长着两个大得可怕的鼻孔，非常巧妙地往上梳成一个油亮的发环"（康拉德，第125页）。这群近一个月以来都处在饥饿状态的食人生番外表凶悍，能轻易地打死在船上的五个白人而喝其血啖其肉。然而他们却始终苦苦忍耐饥饿，马洛"看到这里是某种起抑制作用的东西，某种能阻止某些可能行为的人的人性的奥秘在发生作用"（康拉德，第127页）。库尔茨的贸易站上的非洲土著人居住在非洲腹地深处，处在最原始的状态。"有一张脸正凶猛地、一动不动地看着我，接着忽然间……我仿佛看到那阴暗的刺丛中到处是光着胸脯、胳膊、腿和闪光的眼睛，那一片丛林里挤满了棕色的、闪着光的、活动着的人体"（康拉德，第139页）。这里，马洛用"棕色""闪着光的"两个表述生动地将库尔茨贸易站上的非洲土著人全身赤裸的原始状态展现在读者眼前。虽然这群土著人面露凶光，在库尔茨的命令下攻击马洛的汽船，但他们却都是些"头脑简单的人"，会被汽船的鸣笛声吓得惊慌失措。不管是衣不蔽体的、受奴役的黑人劳工，还是强壮凶悍的食人生番，抑或赤身露体的棕色皮肤的原始土著人，他们在外表上都表现出一种原始和"野蛮"的样态。但是，这在欧洲白人看来"非理性""落后""野蛮"的未开化的非洲土著人却在精神上保持着纯洁，坚守自己的原则和底线。

欧洲白人的形象与非洲土著人形成鲜明的对比。在贸易公司设在非洲大陆的第一个贸易站上，马洛见到了已经在非洲待了三年的会计主任。他"浆过的高领、白色的袖口、一件淡黄的羊毛上衣、雪白的裤子、一条干净的领带，还有一双擦得雪亮的皮靴。他没戴帽子，头发从中间分开，抹上油，刷得亮光光的，一只大白手举着一把带绿线条的阳伞，耳朵后边还夹着一支蘸水的钢笔，那神态实在惊人"（康拉德，第49页）。在物资匮乏的非洲，会计主任的穿着打扮仍能保持着让人"意想不到的典雅"，"和理发馆橱窗里的模特儿一模一样"（康拉德，第51页）。后来，马洛了解到会计主任"驯化"了一名土著人妇女为他服务。因此，会计主任在外表上的文明、体面实际上是建立在对非洲土著人奴役的基础上的。无疑，马洛对人物形象的语象叙事最重要的部分在于对库尔茨的形象建构。首先，库尔茨有"宽大的额头……这个额头，却光得十分出奇……它完全像一个球一样——一个象牙球；它曾抚摩过他……他已经枯萎了"（康拉德，第151页）。当马洛抵达贸易站后看到的库尔茨，已经完全是一幅油尽灯枯的模样：

> 我看到担架上那个人坐了起来，他又高又瘦……那个幽灵的眼睛从那骷髅的眼窝深处发出阴森的光……他看上去至少有七英尺高……他的两排肋骨都在起伏活动……他那只皮包骨的胳膊。那情景真仿佛是用古老的象牙雕刻成的一具有生气的死神的偶像，向着一群用晶亮的古铜铸成的既然不动的群众，在威胁地挥动着他的手。我看见他张大了嘴——显出一副非常奇怪的无比贪婪的神态，仿佛要一口把所有的空气，所有的泥土和他面前所有的人都全部吞进肚子里去。（康拉德，第189页）

这两处详细的语象叙事将库尔茨贪得无厌的形象逼真地展现出来。两处语象叙事都强调库尔茨的身体与象牙具有内在联系，他的头仿佛是一个象牙球，他的躯体仿佛是象牙雕像。似乎库尔茨的脑袋和内心对猎取象牙的欲望已经达到了一种疯狂的状态，以至于这种贪欲外化为他的身体形象。与这种贪欲相对应，库尔茨的嘴出奇的大，似乎想吞没一切物质、占有一切物质。这里，马洛强烈地讽刺了库尔茨的贪婪。而库尔茨幽灵般死气沉沉的特征则表明这种无节制的贪欲最终将使人不可避免地走向死亡的噩运与末路，反映了康拉德对殖民制度的辛辣批判。并且，会计主任、经理和库尔茨等欧洲白人殖民者外表进步、得体而内心肮脏邪恶、无比贪婪的形象与非洲土著人外表野蛮、落后而内心单纯的形象产生了强烈的对比，深刻地凸显出殖民制度的罪恶和残忍。康拉德通过语象叙事，以一种展示而非说教的形式，对读者提出这样一个问题：文明究竟是什么？

3. 绘画与照片的语象叙事

在《黑暗的心》这一小说文本中，除了关于场景和人物的语象叙事，还有一种常见的语象叙事，即对艺术品的文字再现，主要表现在对绘画和照片的描述上。在《黑暗的心》中共有两处关于对艺术品的文字再现，一为库尔茨所画的人物肖像，一为库尔茨一直随身携带的未婚妻照片。马洛在经理管理的贸易总站上一个房间的门板上见到了库尔茨所画的一幅女性人物油画，上面"画着一个披着衣服、蒙着眼睛的妇女，手里拿着一支燃烧着的火炬。背景非常阴暗——差不多一片漆黑。那女人的神态显得非常庄严，可是那火炬的光照在她脸上的效果却让人感到某种不祥之兆"（康拉德，第73页）。这里，马洛用文字逼真再现了一幅绘画，用文字达到了一种图像的空间效果。同时，这幅色调晦暗的画引出了马洛与房间主人关于库尔茨的对话，引发了马洛对库尔茨的好奇心，并且铺垫了库尔茨的暗黑形象。

库尔茨临死前将一捆信件和一张未婚妻的照片交给马洛保管，马洛返回欧洲后拿着那张照片找到了库尔茨未婚妻的住处。在照片上，库尔茨的未婚妻"看着很漂亮""她的表情很美"，"不论你如何摆弄光线或摆弄她的姿态，似乎也都不可能在她的面容上装点出那么一幅微妙的诚恳淳朴的神态。她似乎已准备好在思想上毫无保留、无所怀疑、彻底放弃自己的任何考虑来安心倾听"（康拉德，第233页）。这里，照片里库尔茨的未婚妻表现出一种对某人完全臣服的姿态，而她表现出这副情态的对象极有可能就是库尔茨。如同库尔茨贸易站上的白人小伙子和非洲土著人对库尔茨的无限崇拜，他的未婚妻也极其敬慕他，而张照片则在马洛尚未见到库尔茨未婚妻本人的情况下就预示了她的这一特点，再次从侧面强化了库尔茨的形象。

（三）色彩运用

在《黑暗的心》这一小说文本中，康拉德大量运用了色彩。如前文所述，这种色彩的有效运用生动形象地展现了自然环境和人物特征。比如，无名船员在描述"赖利号"所在的海港的自然景色时就用到了"碧""蓝""棕黄""红色""昏黑""白""殷红""绿色""黑暗""死灰"等多种颜色，逼真地再现了自然环境随时间的变化而变化的图景。马洛在描述非洲大陆的自然风光时也用到"黑暗""银灰色""暗绿色""黑色""白色"等多种颜色，展现了非洲丛林的神秘与未知。在人物塑造方面，马洛"脸色发黄"，经理长着"一双蓝眼睛"，会计主任穿着一件"白色的袖口""淡黄色的羊毛上衣""雪白的裤子"，库尔茨的白人随从穿的衣服打满了"色彩鲜明的蓝色、红色和黄色的补丁""裤脚上镶着红色的花边"，黑人劳工有一副"黑色的身躯"，库尔茨内陆贸易站上的原始土著人有着"深棕色"的皮肤。另外，挂在贸易公司伦敦总部办公室的地图"涂满了彩虹所具有的各种颜色"——"红色""蓝色""绿色""黄色""橘黄色""紫色"。可以说，《黑暗的心》在色彩的运用上是登峰造极的，这也使得小说极具图画的空间视觉效果。

虽然《黑暗的心》大量运用了多种色彩元素，但其中最重要的颜色无疑是黑色，而黑色这一颜色在小说中也具有极其丰富的象征含义。小说在多个层面直接提及了黑色。首先，小说的题目"黑暗的心"就含有黑色，说明了黑色在小说中的重要地位；其次，黑色被用来形容夜晚；第三，黑色是大部分非洲土著人的肤色；第四，非洲大陆的自然景观具有黑色的特征——黑暗的原始丛林，幽暗的刚果河河流，黑暗的非洲腹地；第五，库尔茨是"一种无法穿透的黑暗"（康拉德，第221页）。以上对黑色的运用都具有极其强烈的象征意义。首先，从地理上来说，表面幽深黑暗的非洲腹地构成了对欧洲白人中心主义的反讽。欧洲白人奉行白人至上主义，将欧洲建构为世界的中心，打着"传播文明""教化野人"的旗号浩浩荡荡地开进非洲，实则是对非洲实行血腥的殖民统治，暴力掠夺非洲象牙、奴役非洲百姓。因此，所谓"黑暗的心"在这一层面上，指的是欧洲中心主义、殖民主义和资本主义的罪恶；第二，黑色作为非洲大部分土著人的肤色映衬出欧洲白人的道德堕落。欧洲白人与皮肤为黑色而内心单纯的非洲土著人形成了鲜明的对比，他们虽然外表上是象征纯洁的白色，内心却是充满阴谋诡计、自私自利、无比贪婪，因而其内心是象征肮脏和堕落的黑色。因此，在这一层面上，"黑暗的心"指的是人性中堕落的黑暗地带、邪恶的灵魂；第三，马洛数次提到非洲大陆的荒野具有某种超自然的黑暗力量。在这一层面，黑色象征世界的不可知性可能带给人类的威胁，传递了康拉德对人类前景的悲观情绪；最后，马洛在从欧洲文明世界到原始非洲的探险历程中见识到了欧洲资本主义带给欧洲社会底层人民的毁灭和殖民主义带给非洲人民的苦难、人性中的卑劣和堕落、大自然所具有的超越人类经验和认知的强大力量。从这一层面来说，马洛的非洲之行是一趟黑暗之旅。

三、殖民空间生产

法国著名空间理论家亨利·列斐伏尔（Henri Lefevre）在其论著《空间的生产》（*The Production of Space*）中提出一个著名的论断，即空间具有生产性。列斐伏尔认为，空间不仅仅是社会关系的产物，或是一个中性的平台、容器，空间本身就具有生产性，我们不仅要关注空间中的事物的生产，更要关注空间本身的生产。列斐伏尔将空间与资本主义紧密联系在一起，他指出，进入20世纪，"空间作为一个整体，进入了资本主义的生产模式：它被用来生产剩余价值"。[①] 也就是说，空间首先是一种生产资料，是一种资本，被用来生产剩余价值。马克思认为，资本的本质是最大限度地追逐剩余价值，这就决定了资本的不断扩张。列斐伏尔将空间看作是一种资本，在西方社会，占统治地位的资产阶级必然会在空间上主导资本的无限扩张，即西方资产阶级既将空间资本化，又将资本空间化。列斐伏尔又进一步指出，"空间是一种生产资料：构成空间的那些交换网络与原料和能

---

① 亨利·列斐伏尔：《空间：社会产物与使用价值》，载《现代性与空间的生产》，包亚明主编，上海教育出版社，2003，第49页。

源之流，本身亦被空间所决定"。① 也就是说，空间不仅是一种生产资料，空间还是生产的对象，即空间本身可以被生产和再生产。从一定意义上说，空间的增殖是一种资本扩大化的形式。为了最大限度地实现资本的增殖，西方资产阶级必然会主导空间的生产和再生产。这种空间的生产和再生产在一种形式上表现为资本的空间化过程，即资本不断地占有空间。

在西方资本主义社会"资本和资本主义'影响'着与空间相关联的物质实践，如建筑物的修建、资本的分布以及劳动力在全球范围内的分工"。② 空间的生产主要表现为三种形式，即物质形态空间的生产、城市化、空间的结构和组织的变迁。在19世纪末20世纪初，资产阶级主导的在世界范围内的物质空间占有和扩张主要通过殖民扩张的形式实现。因此，殖民扩张是一种殖民空间的生产。列斐伏尔认为，历史上的每一个社会、每一种社会形态致力于型塑自身的空间，这种空间的塑造可以通过暴力（战争或革命）、政治或外交手段、劳动等多种方式实现。19世纪末20世纪初的殖民扩张主要是通过武装侵略、血腥统治等暴力方式进行，侵占殖民地的地理空间，在殖民地建立殖民统治机构，最终将殖民地变成欧洲资本主义的原材料产地和商品倾销市场。也就是说，欧洲殖民空间的生产有一个空间占有——型塑空间关系——空间变形的过程。康拉德在其表现欧洲殖民主义的经典小说《黑暗的心》中，通过刻画欧洲在非洲大陆的殖民统治，生动地再现了欧洲资本主义的殖民空间生产，这在小说中主要表现为对地理空间生产、身体空间生产等方面。

（一）地理空间生产

在《黑暗的心》这一小说文本中，欧洲殖民主义的地理空间生产主要

---

① 亨利·列斐伏尔：《空间：社会产物与使用价值》，载《现代性与空间的生产》，包亚明主编，上海教育出版社，2003，第49-50页。
② Lefebver, Henri. *The Production of Space*, Trans. Donald Nicholson-Smith, Cambridge: Basil Blackwell Ltd, 1991, P.9-10.

通过两种形式表现出来，一种是地图，一种是空间征服和空间占领。在地图这一层面，欧洲列强通过地图绘制将殖民思想渗透到对国民的教育中，并且将地图绘制作为知识生产而为殖民侵略服务。

如前文所述，《黑暗的心》具有嵌套叙事的特征，因而有主体故事叙事者无名船员和嵌套故事叙事者马洛两个叙事者。马洛所讲述的库尔茨的故事固然反映了他对殖民主义的不认同、对殖民制度的罪恶的憎恶，然而无名船员的叙事却让我们跳出马洛的叙事，从另一个角度看到马洛没有意识到他本人的殖民主义思想。马洛在解释他进行非洲之旅的原因时，提到他从小对地图的浓厚兴趣，立志长大后要到地图上的"空白"之处去探险。"我常常会一连几个小时看着南美，或者非洲，或者澳大利亚的地图，痴痴呆呆地想着宏伟的探险事业。那时候地球上还有许多空白点（不过它们似乎全都如此）的时候，我就会把一个指头按在上面说，等我长大了一定要到那里去"（康拉德，第17页）。这里，马洛特意提到的南美、非洲、澳大利亚有一个共同点，即它们原本都由土著居民居住，后来都经历了西方世界的地理发现——地图绘制——殖民侵略的过程。世界历史表明，欧洲诸国的地理发现无不是为它们的殖民侵略和殖民统治服务的。它们为了将殖民侵略和殖民统治合法化，将欧洲中心主义思想、白人至上思想通过教育潜移默化地渗入国民思想。在这一思想体系下，没有欧洲文明印记的原始大陆是一片"空白"的处女地。然而，这些由原住民居住、生活了几千年的地理空间果真是"空白"的吗？马洛无意识地将使用了"空白"这一表述来表示这些地区，表明他自己也没有意识到的殖民思想，反映了殖民主义教育的影响。

马洛小时候最想去的一个"空白"之地便是非洲，"一个最大的，空白最厉害"的地方。"从我还是个孩子的时候以来，这里已经填满了河流、湖泊、和大大小小的地名。它以及不再是一个令人向往的神秘的空白点"（康拉德，第17页）。很明显，非洲地图从"空白"到填满各种地名的变化表明，非洲已经经历了欧洲帝国的地理发现，地图成为地理知识生产的表征，为欧洲帝国的地理空间征服打下基础。马洛到他即将供职的贸易公司办手续

时，在该公司的办公室看到了一幅涂满五颜六色的地图：

> 房子的一头是一幅巨大的闪闪发亮的地图，上面涂满了彩虹所具有的各种颜色。红颜色面积最大——这种颜色无论什么时候谁都看得清楚，因为我们知道，这表明在那些地方已经真正在进行了，蓝颜色的地区也不老少，一小块绿色，很少几点橘色，在东海岸还有一小片紫色，表明那里正是那些呱呱叫的进步的开路先锋在喝着呱呱叫的浓啤酒的地方……我要进入一片黄色的地区。它位于正中心。（康拉德，第25页）。

这一段语象叙事，使用了"红""蓝""绿""橘黄""紫""黄"等多种颜色对贸易公司办公室的地图进行描述，而这每一种颜色都具有不同的象征含义，代表着贸易公司在全世界范围内不同地区的殖民事业开展的进程。地图成为世界格局的微缩图像，地图的变化表征着欧洲列强在全球范围内的殖民进程和势力范围的此消彼长。地图内容的变化——从前的"空白"填满了地名——表明欧洲列国对欧洲以外的地理空间的发现，是一种知识的生产，而这种知识的生产是为了殖民主义而服务；地图上色彩的变化——从"空白"变成了五颜六色——表明欧洲在世界各地的殖民事业的推进。可见，在欧洲的殖民扩张中，地图起着重要的桥梁作用，探险先锋对地理空间的发现通过地图绘制表征出来，而帝国武装势力又通过地图进行殖民空间生产的第一步，即对殖民地进行地理空间征服。

在《黑暗的心》中，欧洲帝国在非洲的殖民空间生产除了从地图的演变表现出来之外，还通过对非洲地理空间的征服和侵占表现出来。在小说的开端，马洛刚刚开始他的叙事时就直截了当地指出欧洲帝国如何打着冠冕堂皇的旗号而征服非洲的地理空间。他说："他们是一些征服者，要干他们那一行，你只需要有残暴的力量就行……他们看到既有东西可捞，便把凡能到手的一切全搜刮过来。这不过是一种依靠暴力，加上大规模的抢劫……所谓对土地的征服，其意义大多数情况下不过是把一片土地从一些肤色和我们不同或鼻子比我们稍平一些的人们手中抢过来"（康拉德，第 13～15 页）。在马洛叙事的结尾，他又总结道："彼此毫无差异的一段段河道，一个又一个看来完全相同的单调的河湾，随同它们的已有几个世纪之久的大片森林，从我们的船边滑过，耐心地观望着从另一个世界来到这里的这条船上的一帮人——变革、征服、贸易、屠杀和福音的先驱"（康拉德，第 219 页）。十分明显，《黑暗的心》描述的正是欧洲帝国以暴力方式进行殖民空间生产的行为。而这种暴力征服空间的行为也直接导致了非洲大陆地理空间和社会空间的变化。马洛之所以能顺利接任一艘汽船船长的任命是由于正好那艘汽船的船长在一场与非洲土著人的争吵中被打死。这位船长仅仅因为一只鸡产生的误会而残忍殴打一个非洲老黑人，后者的儿子为了保护父亲而"犹犹豫豫地"用一根长矛扎死了这位白人船长。紧接着，整个黑人村子都陷入了一种恐慌，全村的人都逃进森林里去了。马洛到那个地方时，只看到满目荒凉的场景。"整个村子已空无一人。所有的村舍都张着黑洞洞的大嘴，日趋朽坏，东倒西歪地立在已经倾倒的围墙之中。一点不错，一次巨大的灾祸曾经来临。村民已经消失得无影无踪了。疯狂一般的恐惧将他们驱散，男人、女人和孩子全都穿过丛林逃走，再也没有回来"（康拉德，第 23 页）。后来，马洛在前往经理的贸易总站的路上看到了更多的荒废的黑人村落，而这些村落被荒废的原因都是因为黑人村民对白人殖民者的恐惧。"一片荒凉，又是一片荒凉，看不见人，也看不见一间草房。这里的居民很久前全都逃光了……我也曾路过几个被抛弃的村子。那里的一些用草编成的半倒的墙，完全像孩子的玩意儿，看着令人觉得十分可悲"（康拉德，第 55～57 页）。非洲黑人在地理空间上的这种迁移，无疑从侧面反映出欧洲殖民者在非洲的残暴行径，以及这种残暴给非洲黑人带来的深深恐惧，以至于一人犯事全村都要逃走。除此之外，欧洲殖民者还对非洲大陆的空间做了改变，这主要表现在建筑上。比如，欧洲殖民者在非洲大陆上修建铁路，这一方面便于他们进一步的空间扩张，另一方面也便于他们源源不断地运出非洲象牙、运入非洲廉价小商品。另一种类型的空间改变，便是贸易公司管理机构、各个贸易站点的建筑的修建。

地理空间的改变带来了社会空间的变迁和社会关系的改变。非洲原始居民村落的荒废与欧洲殖民者铁路、贸易站的修建，不仅仅是物质性的空间实践，也给非洲大陆的社会空间和社会关系带来了改变。马洛在刚刚登陆非洲时正好看到黑人劳工修建铁路的场景。"右边忽然传来一阵号角声，我看到一些黑人在奔跑。紧接着一声沉重的爆炸声，震动了脚下的大地，一阵白烟从峭壁上升起，然后就算是完事了。那岩石的外貌似乎看不出有任何变化。他们是在修建铁路"（康拉德，第41页）。在欧洲殖民者尚未到非洲之前，非洲土著人都是自由居民。伴随殖民者的到来，新的社会秩序建立，社会关系发生改变。欧洲白人站在了生物链的顶端，整个非洲都被卷入资本主义的生产链条，一部分土著人沦为劳工，一部分土著人接受白人的同化而成为白人殖民统治的傀儡和爪牙。例如，马洛看到的这群修建铁路的黑人劳工背后便有一个黑人监工，他"已曾受过教化，他是各种新势力发生作用后的产物，他手里提着一支长枪……咧开大嘴做了一个白人式的带着流氓气的微笑"（康拉德，第43页）。

地理空间的改变形成了资本扩张的空间。欧洲殖民者在对非洲完成暴力的空间征服、建立殖民统治秩序之后，进一步将殖民地变成原材料产地和商品销售市场。在《黑暗的心》中，欧洲白人主要在非洲猎取象牙。当象牙被源源不断地运回欧洲后就会转化成资本。并且，非洲还被当成在欧洲难以销售的廉价小商品的倾销市场。在会计主任所在的贸易站里，马洛看到"各种手工业产品，破烂的棉花、念珠、铜丝川流不息地被送进那黑暗深处，然后细水长流地换回珍贵的象牙"（康拉德，第51页）；在经理管理的贸易总站，马洛观察到"从海岸那边来的运输队，每星期有好几次把各种贸易商品运到此地——让你一看就吓一跳的磷光闪闪的印花布，一分钱一大堆的玻璃球，印着令人难以捉摸的斑斑点点花纹的棉布手绢"（康拉德，第83页）。白人殖民者将手工业脚料或廉价的棉花、玻璃珠等手工业产品作为商品运到非洲，用以同一部分土著人交换价值连城的象牙，在输入和输出两个方面都实现了赢利，这实际上就是实现了资本的流通和扩大化。从这个意义上来说，非洲殖民空间成为欧洲资本的流通场域。

综上所述,《黑暗的心》中对欧洲殖民空间生产在地理空间这一层面的表现,主要集中在地图绘制和地理空间的征服。殖民地地图的生产是欧洲帝国地理发现的产物,是殖民空间生产的指南之一。殖民空间生产的物质实践主要体现在对殖民地的空间征服上,而这种地理空间的征服又带来了社会空间和心理空间的变迁。并且,由于欧洲殖民者对殖民空间的可以塑造,殖民空间的知识和权力关系又进一步维系了殖民统治和殖民空间的扩大再生产。

(二)身体空间生产

人类的身体并不只是一个纯粹的肉体容器,它是一种空间,也具有空间的社会性和政治性。作为一种空间的身体具有深刻的文化内涵,是一种文化策略。"身体不再只是一种纯粹的生理机制……取而代之,身体也是由非生理的意识形态和历史建构的一个概念或一系列观念"。① 也就是说,身体空间是可以被建构的。著名理论家特纳(Bryan S. Turner)指出,身体是社会关系的产物。"身体,乃是人的本体,它既为个体存活的肉之躯,也是社会观念和话语实践的产物"。② 在不同的文化中,身体作为一种可以被权力话语建构的物、一种文化空间,不断被生产、被规训以符合特定的意识形态规范。

在《黑暗的心》这一小说文本中,存在大量的身体书写。首先,小说一开篇,主题故事叙事者无名船员就对马洛的身体做了描述。他指出,马洛"两颊下陷,脸色发黄,背挺得很直"(康拉德,第5页)。在听马洛讲故事的途中,无名船员又注意到,马洛的脸"干瘦、疲惫、空虚,满是向下垂的皱纹,眼皮也往下耷拉着"(康拉德,第149页)。显然,无名船员对马洛身体情况的观察是从侧面反映了马洛完成非洲之行后的生活状态,非洲之行留在他身上的印记以及对他造成的深刻影响,这在某种程度

---

① Hawthorn, Jeremy. *A Glossary of Contemporary Literary Theory*, London: Edward Arnold, 1994, P.24–25.
② 布莱恩·特纳:《身体与社会》,马海良等译,春风文艺出版社,2000,第2页。

上是库尔茨的故事的延续。其次，马洛在看到地图上的刚果河时，将它形容为蛇的身体。"一条非常大的河流，你在地图上可以看到，像一条尚未伸展开的大蛇，头放在海里，身子曲曲折折安静地躺在一片土地上，尾巴却消失在大陆深处"（康拉德，第19页）。蛇在西方文化中是邪恶、贪婪的象征，在《圣经》里，撒旦就是化成一条蛇溜进伊甸园引诱了夏娃，从而导致了人类的堕落。可以说，贪婪的蛇是万恶之源。贪婪的殖民者进入非洲大肆掠夺象牙以及其他原材料，然而他们的贪婪最终将导致他们的死亡。非洲的白人殖民者作为欧洲殖民主义的实际实施者在非洲成为欧洲大资产阶级的代理人，他们终将因为资本主义自身毫无节制的致命弱点而走向被非洲荒野吞没的悲剧命运。第三，马洛对库尔茨的身体做了多次描述：库尔茨的额头宽大，像个象牙球；有一张似乎要吞没一切的大嘴；他的身体是空心的，是"空洞无物的黑暗"，整个身躯像象牙雕成（康拉德，第217页）。显然，库尔茨的身体非常具有空间的特征，以至于他的身体的填充物似乎变成了象牙而非血肉，这无疑是他对象牙的无穷贪欲在身体上的显现。库尔茨是成千上万个希望在非洲发财致富的欧洲底层白人之一，他在欧洲只处于社会的底端，他的思想和身体都受到统治阶级的型塑和规训。在资产阶级金钱至上的阶级话语的规训下，库尔茨希望在非洲暴富而获得欧洲社会的承认。然而，当他大量猎取象牙后却无法收手。一方面，库尔茨对象牙的贪欲以一种夸张的形式在身体上呈现空间化的特征。另一方面在非洲殖民地这样一个由殖民者群体共同建构和生产的、充满贪欲的空间，库尔茨极度膨胀的贪欲也显示出空间对人的巨大的塑造性的力量。

除了以上几种身体空间书写之外，《黑暗的心》所反映的身体空间生产主要反映在欧洲殖民者对非洲土著人的身体塑造和规训上。为了生产符合欧洲殖民主义意识形态的身体空间，白人殖民者主要采取施虐和教化两种手段。经理管理的贸易总站的草棚有一次失火了，一个黑人在没有任何证据的情况下就被定罪而惨遭毒打。"在不远处，他们正在鞭打一个黑人。他们说火是他引起来的；可能是这样吧，他被打得没命地惨叫。几天之后，我看见他坐在一片小树荫下面，已经是半死的样子"（康拉德，第69页）。

面对这样一个被虐打得奄奄一息的黑人,贸易总站上的白人却认为是理所应当的。其中一个白人评论道:"他是活该。犯罪——惩罚——狠揍!不能手软,不能手软。这是唯一的办法。这样才可以制止将来再发生重大火灾"(康拉德,第75页)。从这个白人的话语中可以推测出,欧洲白人殖民者对非洲土著人的毫无道理可言的虐待是一种常态,黑人除了忍受这种虐待、躲起来养伤之外,别无选择。显然,白人殖民者认为对非洲土著人施加身体上的痛苦是一种驯服后者的思想和精神的方式,是一种维护殖民统治的手段。除了对非洲土著人施加身体上的痛苦,欧洲白人殖民者还通过教化的方式塑造土著人的身体,从而实现对后者的身体空间生产。马洛多次提到受过白人教化的非洲土著人,他们都具有一种不伦不类的身体特征。马洛这样描述在他的汽船上帮忙看锅炉的土著人:

> 每隔一阵,我就得看看担任司炉的那个野人。他是一个经过改良的标本,能看好一个立式锅炉的炉火。他就在我的下面,说句真话,看着他就像看着一条穿着漂亮短裤、戴着插有羽毛的帽子、用两条后腿走路的狗一样让你获得教益。几个月的训练对这个确实不错的家伙是有效的。他显然鼓足了勇气斜着眼去看那蒸汽压力表和水位表——他的牙齿是用锉子锉过的……羊毛似的头发剪成非常奇怪的式样,两边的脸颊上还各有三个作为装饰的伤疤。他原本应该到岸上和他们一起去鼓掌、跺脚的,而现在他却在这里劳苦地工作,成了一种奇怪的奴隶,学到了起教化作用的知识。他有用,是因为他受到了教化。(康拉德,第113页)

这个被教化过的土著人的外表在马洛的描述中是个不伦不类的四不像,姿态像狗,牙齿、头发和脸都显得奇怪,甚至显出一种喜剧效果。然而,这种看似揶揄、戏谑的描述实际上表达了马洛或者康拉德对沦为殖民统治的客体的非洲土著人或者无法掌控自我身体及其所标志的主体身份、或者其身体在无意识中受到殖民话语形塑的非洲土著人的深切同情,以及对罪

魁祸首欧洲殖民主义的辛辣讽刺。实际上，欧洲殖民者通过施虐和同化非洲土著人的身体有两重目的，其一是通过肉体规训达到在精神上使他们内化殖民主义意识形态的目的，其二是通过身体空间生产将他们的身体资本化，从而达到使他们的身体也转化为资本，进而达到为资本主义生产服务的目的。

四、资本空间生产

19世纪末，欧洲资本主义经济发展已臻成熟，进入垄断阶段，形成了帝国主义。在这一特殊的历史语境中，一部分欧洲底层白人群体被赋予特殊的双重身份。一方面，他们是殖民宗主国的被统治阶级，处于欧洲社会的底层。另一方面，他们又是非洲殖民地的统治阶级，处于殖民地社会的顶层。他们在非洲的殖民活动是整个欧洲资本主义生产链条上重要的一环，用鲜血为资本家积累资本。然而，在欧洲的帝国主义神话中，这一群体却被排除于主流叙事之外。康拉德在《黑暗的心》中再现了这一群体在帝国殖民过程中的生存状态以及悲剧结局，指出了资本主义制度内在的缺陷，对资本主义制度进行了深刻的反思与批判。

《黑暗的心》（*Heart of Darkness*）于1899年首次以连载的形式在《布莱克伍德杂志》（*Blackwood Magazine*）上刊发，被人们当作通俗的丛林冒险故事。随后，这部作品于1902年连同康拉德（Joseph Conrad）的另外两篇中篇小说《青春》（*Youth*）与《走投无路》（*The End of the Tether*）一起以合集的形式发表。由此，《黑暗的心》开始以严肃的文学作品之姿态受到学界的广泛关注。迄今为止，国内外学者对这部作品的讨论主要集中在其所反映的殖民主义或反殖民主义思想。据刘知国统计，在1992—2011年的20年间，国内共发表相关论文263篇，主要"聚焦于文化联结、殖民主义和后殖民主义"。① 在国外，就在《黑暗的心》以完本出现的同

---

① 刘知国：《国内20年来〈黑暗的心〉研究综述》，《新乡学院学报》，2012年第5期，第93页。

一年,文学评论家加尼特(Edward Garnett)便指出该作品反映了欧洲"白人的道德堕落"。① 此后,分析《黑暗的心》所反映的殖民主题的文学评论层出不穷。其中,大多数学者认为这部作品反映的是殖民主义的罪恶,表达了康拉德对非洲人民的同情和对欧洲帝国主义的谴责。但也有一部分学者认为,康拉德是欧洲帝国主义的同谋。例如,尼日利亚小说家阿契贝(Chinua Achebe)就指责康拉德为"残忍的种族主义者"(bloody racist),言辞激烈。② 另外,也有一部分学者持较为折中的态度。评论家布兰特林格(Patrick Brantlinger)就认为,康拉德的初衷为反映欧洲殖民者在非洲所犯的罪行,但其表述方式的不当和他的印象主义却使故事暗含了种族主义的成分。

因此,不管在国内还是在国外,学界对这部作品的殖民主题都进行了充分的讨论。但是,无论是认为这部作品反映的是欧洲殖民者在非洲的罪行,还是认为其反映的是康拉德的种族主义同谋立场,国内外学者的讨论都是围绕欧洲殖民主义制度下受害的非洲人民进行的,而同样是殖民主义制度受害者的欧洲底层白人群体却被忽视。到目前为止,国内学界几乎没有出现相关讨论。国外的学者也少有人触及这一话题,即使有也是浮光掠影,点到即止。伊格尔顿(Terry Eagleton)认为:"康拉德在这部小说(《黑暗的心》)中与其说是对帝国主义的批评,不如说是对产生帝国主义的温床——资产阶级的拜金主义和唯利是图——的批评"。③

19世纪60年代,马克思将资本主义社会分成三个阶级,即雇佣工人(wage laborers)、资本家(capitalists)和地主(landlords)。其中,雇佣工人是"单纯劳动力的所有者",资本家是"资本的所有者",地主是"土

---

① Murfin, Ross C. *Joseph Conrad*. New York: St. Martin's Press, 1996, P. 99.
② Brantlinger, Patrick. "Heart of Darkness: Anti-Imperialism, Racism, or Impressionism?". in *Joseph Conrad*, Ed. Ross C. Murfin. New York: St. Martin's Press, 1996, P. 227.
③ Eagleton, Terry. *Criticism and Ideology: A Study in Marxist Literary Theory*. London: NLB, 1976, P. 130.

地的所有者"。① 据雷蒙·威廉斯（Raymond Williams）考证，马克思后来又将资本家和地主合为一个阶级，将其命名为"资产阶级"（bourgeoisie），与之相对的便是"无产阶级"（proletariat）。② 1869年，与康拉德同时代的马修·阿诺德（Matthew Arnold）也将当时资本主义最发达的英国社会分为三个阶级，即贵族、中产阶级和劳工阶级，并将其分别命名为"野蛮人"（Barbarians）、"非利士人"（Philistines）和"群氓"（Populace）。③ 总的来说，"雇佣工人""无产阶级"和"劳工阶级"指涉的都是在资本主义社会中被剥夺了生产资料，直接从事生产活动的劳动者。他们在资本主义社会关系中处于被统治的地位，是社会的底层。《黑暗的心》所涉及的白人主要是在欧洲资本主义社会中出卖劳动力、直接从事生产活动的底层劳动人民。在帝国殖民的历史语境中，欧洲社会底层的白人只是一群无名的小人物，"没有家世、财富、圣行、英雄品质或天赋，他们应该属于那些注定要消失得无影无踪的芸芸众生"。④ 因此，他们的历史是"小写"的历史，被隐没在宏大的主流叙事里。

康拉德认为小说比书写的历史更接近真实，因为小说"是基于各种形式的现实和社会现象的观察的……小说家是历史学家，是人类经验的拥有者、保存者、阐释者"。⑤ 因此，小说家有责任和义务通过创作小说文本的形式保存、传递那些可能会湮没于历史洪流的人类经验。康拉德的这一观点始终贯穿于他的小说创作实践。1890年，康拉德受比利时国王利奥

---

① 卡尔·马克思：《资本论》，中共中央马克思恩格斯列宁斯大林著作编译局编译，人民出版社，2016，第600页。

② 雷蒙·威廉斯：《关键词：文化与社会生活的词汇》，刘建基译，生活·读书·新知三联书店，2005，第62页。

③ Populace 在英文中原意为平民百姓，但也可带有贬义。《文化与无政府主义》的译者韩敏中教授认为，阿诺德虽然同情社会底层的疾苦，但他对这一新兴力量始终怀有疑虑，反复将他们与游行示威和街头打砸抢等危害社会稳定的事件相联系，因此将其翻译为"群氓"比"大众"或"民众"更接近阿诺德的语气。

④ 米歇尔·福柯：《声名狼藉者的生活》，汪民安编，北京大学出版社，2016，第297页。

⑤ Conrad, Joseph. Notes on Life and Letters. London：J. M. Dent & Sons Ltd，1921，P. 20-21.

波德二世资助,驾船前往当时的刚果,并在当地停留6个月。这一时期,康拉德对刚果殖民地社会的各个方面进行了深入的考察,形成了《黑暗的心》的原始材料。正如福柯对沉默的平凡人的关注,使得那些"本来注定一世不为文字记录"的生命在世上留下了痕迹,康拉德通过小说创作,真实再现了欧洲底层白人在欧洲资本主义社会和非洲殖民地的生存境遇,使他们"小写"的历史得以保存。[①] 本章将着重分析《黑暗的心》这一文本中参与欧洲殖民事业的底层白人形象,指出这一群体在殖民宗主国和殖民地的身份的双重性,揭示他们参与欧洲帝国殖民事业的动因、殖民过程中的生存状态以及悲剧结局,旨在说明康拉德如何通过塑造底层白人群体的形象对殖民主义制度背后的驱动——资本主义制度本身的批判。

正如《黑暗的心》所反映的,欧洲帝国主义在非洲大陆的殖民活动主体是底层白人群体。海外殖民之路风险重重,血腥罪恶,是什么让这一群欧洲白人甘愿冒着巨大的风险而前仆后继地赶往非洲呢?马洛赶往非洲内陆贸易站途中的一个白人同伴道出了原因:"当然是弄钱哪"(康拉德,第57页)。在故事的最后,马洛揭示出库尔茨前往非洲的原因,非常具有代表性。"她和库尔茨订婚的事,我听说她家里的人全都不赞成,因为他太穷或别的什么原因。真的,我说不清他是否一生都十分贫苦。他使我有理由相信,主要是由于不能忍耐那比较贫困的生活,他才跑到那边去的"(康拉德,第241页)。因此,库尔茨前往非洲的原因简单而现实,即通过在非洲发财而脱离贫穷,获得社会认可。不同于资本主义跨国公司和帝国主义宣传的"高尚"理想,不是为了给野蛮的种族带去文明,不是为了传播上帝的福音,底层白人前往非洲的原因直接而实际——发财致富,改善生存状况,甚至改善社会地位。

马克思认为,"资本主义是一种特殊的、具有独特历史规定性的生产方式",形成了与之相适应的生产关系和经济制度。[②] 在资本原始积累的

[①] 米歇尔·福柯:《声名狼藉者的生活》,汪民安编,北京大学出版社,2016,第297页。
[②] 卡尔·马克思:《资本论》,中共中央马克思恩格斯列宁斯大林著作编译局编译,人民出版社,2016,第593页。

过程中，农民被暴力剥夺生存资料——土地，被迫成为无产者并沦为流浪者。国家通过法律的运作，强制他们成为雇佣工人并习惯雇佣劳动制度。随着资本主义的发展，工人对资本的从属使资本主义生产方式得以固定并永久维持。因此，资本主义生产方式确保了资产阶级对无产阶级的统治。"同资本积累相适应的是贫困积累。因此，在一极是财富的积累，同时在另一极……是贫困、受奴役、无知、粗野和道德堕落的积累"①。资本的积累，意味着有产的非劳动者对直接劳动的无产者的剥削。在这一过程中，财富越来越集中到少数非劳动者手中，而直接从事生产活动的劳动者则逐渐陷入赤贫和恶劣的生存环境。阿诺德在定义劳工阶级时，也称他们"长期陷在贫困之中不见踪影"②。

当时，资本主义经济结构在英国得到了最高度和最典型的发展。通过工业革命，英国迅速崛起为世界头号帝国，形成了维多利亚时期的高度繁荣。然而，"发财致富的是大工业家、大地主、商人集团等，而不是广大的工人阶级；""广大劳动人民仍被无情地剥削。劳动条件没有改善，严重工商事故不断发生。特别是在经济危机期间，工资削减，事业增加，工人陷入饥饿状态"③。英国社会改良家查尔斯·布斯（Charles Booth）在19世纪80年代的调查显示，伦敦至少有30%的人生活在极端贫困中。1888年，据费边社成员安妮·贝桑特报道，伦敦布莱斯特火柴厂的女工每周工作长达70小时，每小时仅得1便士，工作环境恶劣。④在19世纪的最后25年，传统资本主义增速放慢，经济不景气，与之相伴而来的便是大范围的工人失业。在此情况下，一部分工人和中产阶级底层人员将目光转向了殖民地。其次，农民也是构成实际从事殖民活动的基层力量。19世纪末，许多农村

---

① 卡尔·马克思：《资本论》，中共中央马克思恩格斯列宁斯大林著作编译局编译，人民出版社，2016，第219页。

② 马修·阿诺德：《文化与无政府状态：政治与社会批评》，韩敏中译，生活·读书·新知三联书店，2012，第73页。

③ 范存忠：《英国史》，译林出版社，2015，第183页。

④ 王觉非：《近代英国史》，南京大学出版社，1997，第666页。

男性离开农村,他们有些"到城镇,有些到煤矿,有些到殖民地,有些则到军队"。① 因此,在欧洲资本主义制度下,资产阶级的经济剥削使从事直接生产活动的一部分底层劳动者将目光转向当时唯一能迅速暴富的海外殖民地。

帝国主义实际上是资本主义的垄断阶段,在这一阶段"英国沿用传统的殖民扩张手法,向私人公司发特许状,由这些公司充当先锋",先后建立了三大跨国公司:皇家尼日尔公司(1886),英国东非公司(1888)和英国南非公司(1889),分别在西非、东非和南非地区从事殖民侵略。② 这些跨国公司成为欧洲底层白人通往殖民地进行冒险的通道。马洛就是通过在一家跨国贸易公司谋得的一个职位才前往非洲的,这家公司为了积累资本,在刚果攫取象牙,进行殖民活动,成为帝国的殖民先锋。"他们打算在海外建立一个由他们统治的王国,通过贸易从那里赚来数不清的钞票"(康拉德,第23页)。马洛所在的贸易公司主要通过两种方式获取象牙。一种是物物交换,即以廉价的工业品,如棉布、玻璃珠子和铜丝,换取当地土著人的象牙,该贸易公司在非洲内陆设置的多个贸易站执行的就是这个功能。另一种则是通过暴力征服,掠夺象牙,库尔茨从事的就是这种活动。跨国贸易公司是帝国殖民的先锋,而底层白人则充当了贸易公司的替罪羊。

经济基础决定上层建筑,资本主义生产关系形成了与之相适应的社会形态。有产者对物质生产资料的绝对占有,以及劳动者对他们自身所生产的资本的依附,确保了资产阶级对劳动人民的统治。伴随经济剥削而来的,是占统治地位的资产阶级对工人阶级的意识形态控制。如前所述,在资本原始积累时期,资本家依靠暴力手段迫使农民与生产资料相分离并从事工业生产。但随着资本主义的发展,资产阶级越来越倾向于通过意识形态的运作来保证对工人阶级的统治。"在资本主义生产过程中,工人阶级日益发展,他们由于教育、传统、习惯而承认这种生产方式的要求是理所当然

---

① 肯尼思·O.摩根:《牛津英国通史》,王觉非等译,商务印书馆,1993,第498页。
② 王觉非:《近代英国史》,南京大学出版社,1997,第686页。

的自然规律"。① 阿诺德虽然对英国社会的上中下三个阶级都做了批判，但应当看到，他主要针对的是处于下层的工人阶级，认为他们是无政府状态的根源，是应当接受教育的主要对象。"任何教育制度都是维持或修改话语占有以及其所传递的知识和权力的政治方式"。② 作为中产阶级知识分子，他所提倡的教育是资本主义化的，是为了巩固资本主义统治方式，这在一定程度上反映了当时的资产阶级期望通过内化意识形态的做法来加强对劳动者的统治的心理。资产阶级通过教育等方式潜移默化地将其意识形态强加于被统治的工人阶级，使之为工人阶级所认同、内化，从而心甘情愿地被资产阶级剥削、统治。这样一来，阶级就呈现固化的趋势，阶级界限越来越分明，阶级壁垒就越来越难以打破。

资产阶级意识形态的一个重要表征是个人主义，它鼓吹私有财产是个人独立、自由与平等的保障。在资本主义萌芽阶段，笛福将个人主义表征为自力更生、不畏艰苦的开拓精神。一方面，个人主义的盛行使财富成为衡量个人价值和成就的重要标杆。面对顽固的封建势力，个人主义成为新兴资产阶级的重要精神支撑，具有积极的现实意义。但是到了19世纪末，资本主义政治经济高度发达，资本主义统治秩序已然确立，阶级秩序固定下来，自下而上的阶级跨越对普通民众而言是难以实现的。阿诺德在谈到劳工阶级时，始终把他们同"粗野""盲目"等带有负面意义的词联系在一起，认为"他们绝大多数只是群氓，或者……社会渣滓"。③ 作为学者，阿诺德用"社会渣滓"来定义劳动大众，既反映了他个人对这一群体的贬抑态度，更加反映了当时劳动大众在贫困和肮脏中挣扎的生存状况以及低下的社会地位。在此背景下，贫穷使底层人民的价值得不到承认，个人尊严被践踏。宣扬自由平等的个人主义实际上剥离了人的主体价值，迫使人

---

① 卡尔·马克思：《资本论》，中共中央马克思恩格斯列宁斯大林著作编译局编译，人民出版社，2016，第222页。

② 米歇尔·福柯：《话语的秩序》，《语言与翻译的政治》，许宝强等编，中央编译出版社，2000，第17页。

③ 马修·阿诺德：《友谊的花环》，吕滇雯译，中国文学出版社，1999，第81页。

无度追逐金钱。因此，由于底层身份而受到歧视的库尔茨，始终幻想着通过发财致富实现个人价值，获得社会认可。另一方面，在阶级固化的情况下，资产阶级仍然向底层劳动人民鼓吹个人主义，使他们相信可以通过勤劳和艰苦奋斗发家致富，将个人主义意识形态内化到底层劳动者的思想深处。面对在国内难以改变生存状况和社会地位的现实，早已根植于欧洲底层劳动者血液中的个人主义思想促使他们将目光转向海外殖民地。

由此，欧洲资本主义生产关系导致的资本家对社会底层劳动人民的经济剥削和意识形态控制成为欧洲底层白人前往非洲大陆的根本原因。在英国，库尔茨的贫穷使他生活在恶劣的环境中，由此而来的社会底层身份使他受尽歧视，无法迎娶恋人。个人主义思想的价值取向使他渴望通过财富的积累改善生存状况，改变阶级地位。因此，他在非洲同样恶劣的环境中猎取象牙，憧憬着能衣锦还乡，为上流社会接纳。"他梦想着当他从他打算成就一番伟大事业的某个无名的可怕的地方归来时，将会有许多帝王在车站列队迎候"（康拉德，第219页）。可以说，正是个人主义思想支撑着库尔茨在非洲大陆进行艰险的殖民活动。然而，他命丧非洲的结局说明这只是他一厢情愿的幻想，他在非洲的殖民活动只是欧洲资本家积累资本的一种手段。资产阶级正是通过意识形态的运作，来达到他们利用底层劳动人民在非洲大陆的殖民活动增加资本积累的真实目的。在马洛的叙述中，库尔茨的社会身份是不确定的。他出身底层，会写诗，有音乐天赋，又是个新闻记者，甚至有潜力当个政客。另外，他身兼欧洲数国血统，母亲有二分之一英国血统，父亲有二分之一法国血统。无疑，库尔茨血统的混杂性暗示了当时欧洲各国从事殖民活动的普遍性。从某种意义上说，正是他身份的模糊性和多重性，使得他的经历更具代表性和普遍性，是当时成千上万被迫前往非洲冒险却沦为资本的牺牲品的欧洲底层白人的真实写照。

马克思认为，资本主义生产方式下的劳动是一种异化劳动，它生产出的资本成为生产的主体——工人的异己力量。"工人的体力和智力，他个人的生命……是不依赖他、不属于他、转过来反对他自身的活动。这是自我异化。"① 因此，工人成为一种人格化的资本，"他的存在，他的生命，也同其他任何商品一样，过去和现在都被看成是商品的供给"。② "工人的劳动力同他的个性相分离，它变成一种物，一种在市场上出卖的对象。"③ 工人被量化成可计算的物，而他作为人的根本特性则被消解，人与人的关系也变成物与物的关系——竞争关系。因此，在资本主义社会，能否生产出剩余价值以及能生产出多少剩余价值成为衡量底层劳动者的标尺。库尔茨对马洛传授他"成功"秘诀时说："你只要让他们看到，你有个什么办法真能给他们赚钱，那他们就会无止境地承认你的才能"（康拉德，第219页）。在这里，物的有用性压过了人性，成为评估个人的唯一标准，人性则被扭曲、压抑，劳动者成为资本主义制度的受害者。在文本中，除了叙事者马洛和主人公库尔茨以外，所有在非洲大陆活动的白人都没有名字，他们是"经理"，是"代理人"，是"士兵"，是"船长"，是"会计"，是"外来移民"。只要他们能保证相应的职能顺利运转，他们是谁、叫什么名字并不重要。换言之，他们被简化成特定的职能，他们作为人的根本特性则被抹消。

"剩余价值的生产是生产的直接目的和决定动机"。④ 资本的逐利本能决定了其追逐价值的本质，当作为投资成本的劳动者无法最大限度地产生剩余价值时，他就会被无情抛弃。作为物的人，是可替代的，也是可抛弃的。在人与人的关系这一层面，资本主义生产关方式产生两种人际关系，即阶级之间的统治与被统治关系和同一阶级内部的竞争关系。因此，资本主义制度下形成的是一个冷漠无情、没有人情味的社会。劳动者内部的竞

---

① 卡尔·马克思：《1844年经济学哲学手稿》，中共中央马克思恩格斯列宁斯大林著作编译局编译，人民出版社，2014，第51页。

② 卡尔·马克思：《1844年经济学哲学手稿》，中共中央马克思恩格斯列宁斯大林著作编译局编译，人民出版社，2014，第61页。

③ 卢卡奇：《历史与阶级意识——关于马克思主义辩证法的研究》，杜章智等译，商务印书馆，1996，第162页。

④ 卡尔·马克思：《资本论》，中共中央马克思恩格斯列宁斯大林著作编译局编译，人民出版社，2016，第596页。

争关系以及由此产生的矛盾，在非洲殖民地反映为白人殖民者之间的勾心斗角，相互倾轧。在马洛的叙述中，无数的底层白人在价值被压榨干净后被悄无声息地抛弃，没有荡起一丝波澜，反映的正是这种残酷的社会现实。马洛之所以能在贸易公司谋得管理一条汽船的职位，是因为贸易公司刚好有一位船长在和土著人的混战中被打死。在这位船厂被打死后，船员立即将那条汽船开跑了，而他的尸体也无人过问，几个月后马洛到达当地时，"从他肋骨缝里长出来的青草已经高得足以掩住他的尸骨了"（康拉德，第23页）。这位船厂从他死亡之日起便暴尸荒野，无人关心。而这位船长的死对马洛来说，唯一的意义就是给马洛腾了位置。"不管怎样，反正由于这一光辉业绩，在我几乎还没敢抱希望之前我就得到了任命"（康拉德，第23页）。马洛言语中的窃喜充满了反讽的意味，暗示了资本主义社会中人心的冷漠。

当马洛到达贸易公司在非洲的第一个贸易站时，他在公司会计主任的办公室见到了一个因病从内地送来的公司代理人。通过马洛的观察，我们看到，会计主任对这位生命垂危的白人同胞毫无怜悯之心，反而厌烦这位病人发出的呻吟打扰了他的工作。"在一片持续不断的苍蝇嗡嗡声中，那个准备运送回家去的公司代理人躺在那里，满脸通红，已经完全失去了知觉；另外那位，俯身在他的账本上，正在为他的完全正确的交易正确地计算着账目"（康拉德，第55页）。面对奄奄一息的同胞，会计主任无动于衷，机械地重复手里的工作。一方面，我们看到人性中的同情、怜悯与友爱俨然已被资本主义机器碾压粉碎。另一方面，我们也看到资本主义生产方式如何将劳动者碎片化、机械化。"劳动过程越来越被分解为一些抽象合理的局部操作"，劳动者的工作"被简化为一种机械性重复的专门职能"。[①]资本主义的专门化分工使劳动者变成了机器，会计主任机械地计算账目几乎成为他的本能，成为他的存在方式。这里，垂死的代理人与冷漠的会计

[①] 卢卡奇：《历史与阶级意识——关于马克思主义辩证法的研究》，杜章智等译，商务印书馆，1996，第149页。

主任构成了一幅刺目的画面，冲击着马洛的视觉神经，传达出康拉德对资本主义制度的强烈批判。资本主义生产方式下，人异化成机器，冰冷无情，人性扭曲的悲剧面目跃然纸上。

资本主义生产方式将底层劳动者物化，一旦榨取完他们的剩余价值就将他们无情抛弃。同时，这种生产方式也导致了劳动者内部的恶性竞争关系。在远离文明约束的原始非洲大陆，这种竞争关系中丑陋的一面被加倍放大，人们勾心斗角，唯利是图，道德沦丧。这种竞争关系最典型地表现在了经理和他的侄子与库尔茨的关系上。一方面，经理和他的侄子表面上奉承库尔茨，背地里却绞尽脑汁想把库尔茨拉下马，从而取代库尔茨，获得欧洲大资本家的青睐并夺取库尔茨已猎取的象牙。另一方面，库尔茨也不信任他们，在给他们送象牙并换取补给的中途又打道回府。经理侄子所在的贸易站，始终笼罩在阴谋之中，站里的白人朝圣者为了一己私利互相算计。"他们依靠彼此愚蠢地在背后进行攻击和搞阴谋诡计来消磨时间。在整个站上到处都可以嗅到阴谋活动的气味……在这里唯一一点真实的感情，是希望被委派担任一个贸易站的负责人。到了那里，他就可以得到象牙，而且可以按规矩分成。他们永远只在这个问题上彼此耍阴谋，彼此诽谤和痛恨"（康拉德，第71页）。对资本的追逐和竞争促使人本能地追逐利益，唯利是图，道德堕落。通过马洛的观察，康拉德将资本主义的这一缺陷，在非洲大陆这块试验场上无限放大。

帝国主义制度是资本主义制度的一个衍生品，这种特殊的生产制度形成了特殊的社会形态。在这种特殊的经济制度和社会关系中，欧洲底层劳动者的身份具有特殊的双重性。一方面，在殖民宗主国，他们是直接从事生产活动的劳动者，受到作为非劳动者的资产阶级的剥削和压迫，处于被统治的地位。在整个殖民事业中，他们为资本家生产资本——象牙，是资本家积累资本的工具。另一方面，他们作为直接从事殖民活动的主体，在殖民地经济链条中处于顶端，对非洲土著人进行经济剥削和政治统治。在非洲大陆的殖民活动中，白人殖民者复制了欧洲宗主国的统治模式，对当地土著人进行经济剥削和意识形态控制。

"对直接生产者的剥夺是用最残酷无情的手段,在……贪欲驱使下完成的"。① 可见,在资本积累的过程中,非劳动者对劳动者的经济剥削是在贪欲的驱使下进行的。在非洲殖民地,土著人是直接从事生产活动的劳动者,白人殖民者通过暴力和诱骗的方式掠夺土著人的劳动产品——象牙。白人殖民者在非洲大陆对当地土著人的掠夺在本质上与他们自身在欧洲殖民宗主国受到资本家的经济剥削是同一的。白人殖民者在身份上的双重性最明显地表现在库尔茨的身上。在殖民宗主国,库尔茨饱受压榨,生活贫困,社会地位低下。然而,在非洲殖民地,他的身份转变为统治者和剥削者,成为资本主义本质之贪婪的化身。最初,库尔茨前往非洲的直接原因是发家致富以迎娶未婚妻。然而,他在非洲成了第一流的代理人,猎取了大量的象牙之后,却无法收手,变得极度贪婪。库尔茨的转变的意义在于,康拉德用库尔茨隐喻了资本主义无节制的贪婪。马洛的叙述中多次提到库尔茨的贪婪形象。"他张大了嘴——显出一副非常奇怪的无比贪婪的神态,仿佛要一口把所有的空气,所有的泥土和他面前所有的人都全部吞进肚子里去"(康拉德,第189页)。库尔茨似乎想要吞噬一切的大嘴无疑象征了资本主义无尽的贪婪。作为康拉德代言人的马洛认为,食人生番在极度饥饿的情况下也没有吃掉白人,是因为他们始终遵守只吃敌人的原则。与食人生番生理上的饥饿形成强烈对比的是,追逐资本的欧洲资本主义的欲壑难填,毫无节制。库尔茨的名字在德语中意为"短暂的",这既印证了库尔茨在资本主义剥削压榨下被扭曲的短暂生命,也暗示了康拉德对资本主义的悲观看法:资本主义本质的贪婪将导致它自身的终结。

除了经济上的剥削,库尔茨也对当地土著人进行意识形态控制。库尔茨之所以能成为首屈一指的代理人,与他对土著人的意识形态控制有很大的关联。在文本中,别的代理人主要采取杀戮、虐打、囚禁等暴力手段对土著人进行征服和剥削,与欧洲资本主义初始阶段的情况类似。但库尔茨

---

① 卡·马克思:《资本论》,中共中央马克思恩格斯列宁斯大林著作编译局编译,人民出版社,2016,第228页。

除了采取暴力手段之外,更倾向于对土著人进行思想控制,是更高阶段的资本主义统治方式。马洛几乎没有对库尔茨做外貌描述,而是不断重复其声音产生的力量。"权力……形成知识,生产话语"。① 库尔茨通过暴力确立的统治地位,使他得以通过言说的话语"教化"土著人,从而进一步巩固了他的权威。他通过雄辩而具有欺骗性的话语驯服土著人,使土著人部落"服从他""崇拜他",心甘情愿地奉上象牙,从而达到更有效、更安全地攫取象牙的目的。"当地的土人,只要库尔茨先生不讲话,他们是谁也不敢动的。他在土人心中的地位是一般人无法想象的,他们的帐篷围绕着他的住处,他们的首领每天都要去给他请安。他们甚至趴在地上。"(康拉德,第185页)。土著人对库尔茨的绝对臣服表明,库尔茨通过话语的有效运作,使土著人无意识地参与了他们对自身的剥削,从内部加强了库尔茨对他们的统治,进而强化了统治与被统治的权力关系。另外,会计主任之所以能在原始非洲保持一副绅士派头,也是由于他相同的操作"教化"了一名土著人妇女为他服务。由此,我们看到,以库尔茨为代表的白人殖民者通过经济剥削和意识形态控制对非洲殖民地进行的统治,实际上是对欧洲殖民宗主国内资本家对底层劳动者的统治方式的复制。

在非洲殖民地从事殖民活动的主体是殖民宗主国的底层劳动者,这一群体同时具有压迫者和被压迫者的身份,这种双重身份是资本主义制度下帝国主义制度的特殊产物。资本主义生产方式抽离了劳动者作为人的根本特性,将直接劳动者贬低为物。人与人的关系成为物与物的关系,导致了在非洲进行殖民活动的底层白人殖民者内部的恶性竞争,形成了唯利是图、冷漠无情的社会。康拉德将远离现代文明的原始非洲作为试验场,最大限度地展现了将这种竞争关系引发的道德堕落,展现了欧洲社会底层劳动者作为殖民事业的特殊群体在资本主义和帝国主义制度下的生存状态,进而深刻地批判了资本主义制度的残酷和内在缺陷,反映出他对资本主义的悲

---

① Foucault, Michel. Power, *The Essential Foucault: Selections from the Works of Foucault, 1954-1984*. Ed. James D. Faubion, New York: The New Press, 2003, P. 307.

观态度。

19世纪末20世纪初的欧洲，资本主义制度已发展到成熟阶段，阶级固化，等级森严，处于社会底层的白人群体只能忍受大资本家的剥削，阶级界限难以跨越。同时，垄断资本主义催生出帝国梦，欧洲各资本主义国家争先恐后地开展殖民活动。帝国主义作为资本主义的一种特殊生产方式急需劳动力在殖民地进行殖民活动，以掠夺殖民地的原料，进行资本积累。在此背景之下，帝国主义将殖民活动表征为英雄主义的冒险，以在殖民地暴富的前景刺激急于改变生存状态的底层劳动者，掩盖殖民过程中巨大的危险。因此，被帝国主义虚假宣传所吸引的底层劳动者，只看到了殖民活动能带来的经济利益，而对暗藏在殖民过程中的危险缺乏足够的认识。他们通过充当殖民先锋的跨国贸易公司前赴后继地赶往非洲，然而他们的致富梦最终被证明只是他们的幻想，等待他们的只有死亡的悲剧结局。在资本主义和帝国主义神话中，他们和殖民地人民一样是资本的祭坛上的祭品。

在非洲殖民地，象牙象征资本。跨国贸易公司为了在非洲最大限度地获取象牙，大肆猎杀大象，残忍杀害非洲土著人。比利时国王利奥波得二世在掠夺非洲象牙的过程中，屠杀了1500万非洲土著人，犯下了令人发指的罪行。毋庸置疑，最终变成资本的象牙浸透了非洲生灵的鲜血。然而，值得注意的是，这些血淋淋的资本同时也浸染着无数欧洲底层白人的鲜血。

在《黑暗的心》中，康拉德一开始就指出了这些白人的悲惨命运。在贸易公司的办公地点，马洛首先遇到的是一胖一瘦两个女人，她们手里不停地在织"黑毛线"。这两个女人"守着黑暗的大门，仿佛编织尸衣似的织着黑毛线，一个不停地介绍，把人介绍到无人知晓的地区去"（康拉德，第27页）。在这座"白色坟墓"里，处处弥漫着地狱般的阴森气息，这两个面无表情的女人则充当了地狱的引路人，把一批一批做着发财梦的欧洲底层白人引向死亡的深渊。当马洛进入非洲后，他遇到一个被抛弃的黑人劳工，"他的脖子上系着一小段白羊毛线……这一小段来自海外的白色绒线，绕在他黑色的脖子上看上去实在刺眼"（康拉德，第47～49页）。

首先，绒线和毛线隐喻着大资本家对普通白人的剥削和压榨。在资本主义工业革命中，棉纺织业扮演着非常重要的角色。圈地运动将农民赶往城市工厂，农民在痛失家园的同时被迫进入血腥工厂被剥削和压榨。在作为传统资本主义支柱产业的棉纺织业背后，是工人在恶劣的环境下长时间超负荷地工作。可以说，每一段毛线和绒线都浸透了工人的血泪。康拉德用绒线和毛线做隐喻，反映出他对资本主义制度本身的深刻批判。其次，黑绒线和白毛线在颜色上的表面对立，实际上暗示出了冲在殖民事业最前端的欧洲底层白人群体的悲惨命运。黑色绒线编织出的黑色遮尸布实际上是为欧洲底层白人准备的。在贸易公司办公点的每一个职员都清楚，那些前往非洲殖民地的欧洲白人都有去无回。马洛在签署雇佣合同时发现，这里的职员总是用或同情或感伤的目光注视他，而为马洛体检的医生则告诉他那些前往非洲殖民地的白人从没回来过："哦，我从来没有再见到过他们"（康拉德，第29页）。缠在黑人土著脖子上的白色毛线喻指白人殖民者对殖民地人民的残害，而盖在白人身上的黑色遮尸布则揭示出欧洲底层白人的命运与这些黑人土著一模一样，都是资本主义机器下的牺牲品。从这个意义上说，白毛线和黑绒线都隐喻了资本主义本身。

在故事的开端，马洛在贸易公司办公点的所见所闻使他产生了一种关于欧洲底层白人在非洲悲惨命运的模糊猜测。随着他逐渐深入非洲内陆，这种模糊的猜测被不断证实。殖民之路危险重重，恶劣的环境、疾病、土著人的威胁等都能让人们命丧黄泉。马洛首先乘坐一条法国汽船前往非洲，这条汽船主要向欧洲在非洲的殖民地运送士兵和海关职员。"我们的船隆隆前进，停下，抛下几个士兵；然后又向前进，抛下几个海关人员，让他们看到那看上去已被上帝抛弃的荒野中……然后再送去更多的士兵——也许是为了保护那些海关人员。我听说，已经有些淹死在那片白浪中了；不过他们淹死不淹死，似乎无关紧要。他们被扔在那里就算完事"（康拉德，第35页）。作为中产阶级的海关职员有士兵保护，而作为下层阶级的士兵的生死却无人过问。

疾病是行动在殖民地最前线的欧洲底层白人群体的头号杀手。当这条汽船遇到另外一条汽船时,马洛听说"在那条孤独地待在那里的船上,由于热病的侵袭,一天要死三个人"(康拉德,第38页)。在文本中,这句话被括在了括号里,也就是说马洛在向水手们叙述故事时,只是顺带提及此事。这一事实只是主流叙事的一个极小的附加事件,事件的主人公只是无名的小人物,被隐在括号里。在宏大的帝国主义史实面前,这一群底层白人的生存状态似乎无足轻重,湮没在历史的缝隙里。在文本中加括号这一艺术手法本身就引人注目,康拉德希望通过这一方式引导细心的读者能为他们去掉括号,去发现这一群体在帝国殖民的历史语境中被掩盖的历史。

另外,马洛的叙述中多次提到因疾病而丢掉性命的欧洲底层白人。马洛进入第一个贸易站,便在公司会计主任的办公室看到"从内地来的一个生病的公司代理人",而"那死亡之林的一动也不动的树梢"则暗示着这位病人必然死亡的命运(康拉德,第53~55页)。离开这个贸易站后,马洛和一个白人同伴以及一队土著人运输队继续前进。这位白人同伴"老是在离水和阴凉处好几英里的酷热的山坡边,动不动就要人命地晕倒了……紧接着,他又发起烧来了"(康拉德,第57页)。于是马洛让运输队抬着他走,但是这支运输队却在半夜逃跑了。关于这位同伴,马洛的叙述到此戛然而止,直接转到马洛本人到达中央贸易站的叙述。在此,马洛的叙述出现了缝隙,极有可能是马洛作为叙述者隐匿了他抛弃同伴的事实,这一方面暗示了这位白人同伴的死亡结局,另一方面则表现了资本主义制度下人的异化与人情的冷漠。

进入中央贸易站后,马洛得知,"有一次好几种热带病几乎使所有站上的'代理人'全都倒下了"(康拉德,第63页)。而在马洛看来"没有学识,没有智力"的经理之所以能坐上这个位置,凭借的正是"从来不生病"的健康身体——"在这个健康情况普遍恶化的环境中,强健的体格本身就是一种力量"(康拉德,第63页)。在这位经理和他的侄子密谈的过程中,他的侄子惊呼:"可是别的那些人——哦,我的天哪!全都生病了。他们还都死得特别快,我简直来不及把他们从这儿运出去"(康拉德,第101页)。在由此可见,妄图在非洲实现发财梦的欧洲底层白人几

乎随时都面临着由疾病带来的死亡。疾病带来的威胁最淋漓尽致地表现在了库尔茨身上，马洛细致地讲述了库尔茨由生病到死亡的前因后果。作为猎取了最多象牙的公司代理人，库尔茨最终成为资本主义的化身。但出人意料的是，他不是死于与当地土著的冲突，而是死于疾病。"他的身体忽然变得更糟糕了"，马洛一行到来时，他已奄奄一息（康拉德，第181页）。库尔茨的死因再次表明了欧洲底层白人在非洲受到疾病威胁这一事实，同时也暗示了康拉德对资本主义制度的预言——资本主义制度的固有缺陷将导致其自身的毁灭。

除了疾病，欧洲底层白人殖民者还要忍受恶劣的环境。马洛进入非洲内陆后，乘着一艘小汽船沿着内陆河继续前进。船长告诉马洛："前天我救上来一个在路边上吊的家伙……也许这里的太阳让他受不了，也许是这个鬼地方"（康拉德，第41页）。无法适应非洲气候的白人甚至在还没到达冒险地之前就已经死去，而坚持下来的人在史前大陆一般的非洲也须忍受恶劣的环境。除了气候条件，原始非洲物资匮乏，白人的生活条件十分艰苦，必须定期获得补给。马洛到达的第一个贸易站，即会计主任所在的贸易站，"站上的一切全都乱七八糟——领导关系，各种事物，连建筑物本身也全都如此"（康拉德，第51页）。会计主任的办公室是用木板胡乱拼接起来的，"屋子里也非常热，肥大的苍蝇可怕的嗡嗡叫着"（康拉德，第51页））。经理所在的贸易总站"在那条河的一个河湾附近，四周全是灌木丛和森林，一边以一片散发臭味的烂泥作为它的美丽的边界，另外三面全都被长得乱作一团的矮树丛包围着。中间有一个无人修整的缺口就算是它唯一的门洞"（康拉德，第59页）。这里生活艰苦，连蜡烛都成了奢侈品。"只有经理才有权使用蜡烛"（康拉德，第69页）。库尔茨所在的贸易站条件更加简陋。"小山顶上一溜破烂的房屋已经一半埋在深草中；尖屋顶上的许多大窟窿像张着的黑嘴；背景处是一片乱树林。四周围没有任何围墙和篱笆"（康拉德，第163页）。透过这三个贸易站的情况，底层白人殖民者生活环境之艰辛，便可一窥。

另外，由于殖民者在非洲的暴力行径，殖民者与当地土著之间存在着不可调和的矛盾。白人殖民者在掠夺象牙的过程中，残害、屠杀当地土著人，激起土著人的仇恨，引起他们的报复。非洲土著对殖民者的仇视，使其构成了对欧洲底层白人殖民者的潜在威胁。马洛接手的汽船的前任船长死于与土著人的混战，马洛本人也在非洲内陆多次与土著人交战。暴力冲突必然带来流血和死亡。这种潜伏在非洲原始丛林里的危险，给白人殖民者带来了巨大的心理恐惧，时时折磨着白人殖民者的神经，使他们战战兢兢，惶惶不可终日。马洛乘汽船从欧洲大陆前往非洲，途中"遇上了在海岸边抛锚的一条军舰。海岸上连一个草棚子也没有，可是那艘军舰却正在炮轰岸上的丛林"（康拉德，第37页）。在中央贸易站，外来移民"手里都拿着一根可笑的哭丧棒"（康拉德，第67页）。在马洛看来，这一切显得"可笑"，"有一些神经错乱"。实际上，这是因为马洛初入非洲，尚未认识到殖民主义的残酷以及由此带来的对白人殖民者的生命威胁和精神折磨。

在欧洲处于社会底层的白人，怀着发财致富以改变生存状况和社会地位的憧憬前往非洲殖民地。非洲原始丛林险象环生，他们在非洲大陆的冒险之旅充满了危险，他们的生命时刻受到疾病、恶劣的环境以及土著人的威胁。而他们在非洲大陆攫取象牙的过程实际上是一种生产过程，变相地为欧洲资本家生产资本——象牙被源源不断地运回欧洲，最终转化为资本。欧洲底层劳动者在非洲的殖民活动增加了大资本家的资本积累，而他们自己却命丧非洲，成为由他们生产的、却反过迫害他们的资本的牺牲品。以库尔茨为代表的欧洲底层劳动者在非洲的冒险之旅，最终以死亡的悲剧收场。对此，马克思早有预言，他指出"一切提高劳动的社会生产的方法都是靠牺牲工人个人来实现的"。[①] 因此，在欧洲不堪剥削而前往殖民地的底层白人又再次沦为大资本家积累资本的工具，他们用自己的生命为资本献祭。跨国资本不仅浸透了殖民地人民的血泪，也浸染着欧洲底层白人群

---

① 卡尔·马克思：《资本论》，中共中央马克思恩格斯列宁斯大林著作编译局编译，人民出版社，2016，第218页。

体的鲜血。

综上所述，康拉德在《黑暗的心》中塑造了一群具有双重身份的白人形象。一方面，他们在欧洲殖民宗主国是直接从事生产活动的劳动者，受到占有生产资料的非劳动者的经济剥削和意识形态控制，处于被统治地位，是社会的底层。另一方面，他们是直接从事殖民活动的主体，在非洲殖民地处于统治地位，对直接从事生产的土著人进行经济剥削和思想控制，是殖民地社会的上层。这一白人群体的双重身份是资本主义及其衍生品——帝国主义的特殊产物。他们既是资本主义的受害者，又是帝国主义的执行者与施害者。他们在殖民地的冒险之旅充斥着道德堕落，表现为同胞之间的相互倾轧与对土著人的疯狂掠夺。然而，他们的殖民活动作为一种生产过程只是整个欧洲资本主义生产关系链条上的一环，这就注定了他们的悲剧结局。欧洲社会底层的劳动者在帝国的殖民事业中扮演了重要角色，但是他们始终只是一群无名的小人物，他们"小写"的历史被宏大的主流叙事所掩盖。康拉德通过再现这一群体在非洲殖民地的生存状态，指出了催生殖民主义和帝国主义的资本主义制度本身的荒诞，从内部解构了资本主义制度的合理性。

本章小结

《黑暗的心》作为英国经典小说家康拉德的重要代表作是英国20世纪开端的现代主义小说的一部先声之作，在小说结构、叙事技巧以及小说内容上都具有显著的空间特征，而小说的标题"黑暗的心"本身就具有很强的空间指向。在结构上，《黑暗的心》采用嵌套叙事的方式，呈现出立体的空间效果。在语言上和叙事技巧上，《黑暗的心》采用场景语象叙事、人物语象叙事、艺术品的语象叙事，同时运用丰富的色彩，使小说具有栩栩如生的视觉效果，从而强化了小说的空间效果。在主题上，《黑暗的心》展现了欧洲资本主义为了无限追逐剩余价值而推动的殖民空间生产和资本空间生产，对一切罪恶的源头——欧洲资本主义发出了猛烈的批判。

第三章 《霍华德庄园》的空间叙事策略

E.M. 福斯特是 20 世纪英国重要的现代作家，他的多部小说都被纳入英美文学的经典文库，如《霍华德庄园》和《印度之行》。在小说技巧上，福斯特的小说大多具有明显的节奏感和音乐性。同时，福斯特擅用象征主义，他的大部分小说都有许多重要意象，这使得他的小说有一种图像的空间效果。除此之外，福斯特钟爱空间书写，他的多部小说的名称都含有空间色彩，比如《霍华德庄园》《看得见风景的房间》《天使不敢涉足的地方》《印度之行》等。1910 年，《霍华德庄园》出版，立即获得了巨大成功，正是这一部小说使福斯特跻身主流作家之列。著名文学评论家特里宁（Lionel Trilling）认为《霍华德庄园》是福斯特的代表作。无疑，《霍华德庄园》已经被公认为 20 世纪英国的经典小说。

一、福斯特与《霍华德庄园》

爱德华·摩根·福斯特（Edward Morgan Forster）简称 E. M. 福斯特（E. M. Forster），是英国 20 世纪著名的小说家、散文家、文学理论家。福斯特的重要小说包括《天使不敢涉足的地方》（*Where Angels Fear to Tread*，1905）、《最长的旅程》（*The Longest Journey*，1907）、《看得见风景的房间》（*A Room with A View*，1908）、《霍华德庄园》（*Howards End*，

1910)、《印度之行》(A Passage to India, 1924)等。除此之外，福斯特还著有一部重要小说理论专著《小说面面观》(Aspects of the Novel, 1927)。《小说面面观》是福斯特1927年在剑桥大学三一学院所做的系列讲座的汇编，分别从故事、情节、人物、预言、幻想、图式、节奏等八个方面阐述了小说的各个侧面。在这一论著里，福斯特提出了"扁平人物"与"圆形人物"、"长链型图式"与"钟漏形图式"等重要概念，还对司各特、托尔斯泰、笛福、简·奥斯丁、伍尔夫等众多著名作家做了精彩的点评。福斯特的长篇小说创作主要集中在前半生，后半生主要从事短篇小说、传记和杂文的写作。从小说结构上来说，福斯特的小说无疑是传统的。但是，他在小说中大量运用象征主义，还将音乐中的"节奏"引入小说创作，使小说具有音乐般的节奏感和声音美。并且，他的小说内容大多以现代生活经验为主，从各个层面反映了现代生活的种种问题。因此，福斯特的小说具有现代主义的特征。著名文学批评家布莱德伯雷认为："就美学思想而言，福斯特与乔伊斯、伍尔夫有着浓厚的血缘关系"。[①] 在1984—1992年的短短八年时间，福斯特的五部小说被改编成电影，并且大获成功。《印度之行》《看得见风景的房间》《莫利斯》(Maurice)、《天使不敢涉足的地方》《霍华德庄园》分别于1984年、1986年、1987年、1991年、1992年被搬上大银幕。福斯特一生获奖无数，美国文艺学院专门设立了A·M·福斯特奖(E. M. Forster Award)，以纪念这位在文学领域做出了巨大贡献的伟大作家。

（一）福斯特小传

E. M. 福斯特1879年出生于英国伦敦，原名亨利·摩根·福斯特(Henry Morgan Forster)，在他的受洗仪式上改名为E. M. 福斯特。1970年，年过九旬的福斯特去世。福斯特是一位十分长寿的作家，他一生跨越两个世纪，经历了西方世界近百年来一些重大的事件。福斯特家境良好，是家中独子。

---

① Bradbury, Malcolm. Ed. *Foster*. Englewood Cliffs: Prentice-Hall, Inc., 1966, P. 3.

第三章 《霍华德庄园》的空间叙事策略

父亲爱德华·摩根·卢埃林·福斯特（Edward Morgan Llewellyn Forster）出身名门，是一位建筑师。福斯特的奶奶劳拉·桑顿（Laura Thornton）是银行家、议会会员亨利·桑顿（Henry Thornton）之女，并且，亨利·桑顿还是著名福音教派宗教团体克拉彭教派（Clapham Sect）的重要成员。克拉彭教派是英国19世纪早期的一个英国国教分支，这一教派成员致力于英国废奴运动、监狱改革等社会改革活动，教派成员的家族之间互相通婚，伍尔夫（Virginia Woof）的先祖也是该组织的成员之一。福斯特的母亲爱丽丝·克拉拉·韦切罗（Alice Clara Whichelo）出身中产阶级家庭，家中还有九个兄弟姐妹。爱丽丝的父亲、福斯特的外公亨利·韦切罗（Henry Whichelo）是一名画家，闲时教人作画。有学者认为，福斯特的艺术天赋来自母族。爱丽丝受到福斯特一位终生未嫁的姑姥姥玛丽安·桑顿（Marianne Thornton）的资助，入学接受教育，后来成为一名家庭女教师。1887年，玛丽安逝世，她生前立下遗嘱，将名下8000英镑的财产留给福斯特。正是由于继承了这笔财产，福斯特才免于为生活奔波劳碌，得以全身心投入写作当中。1956年，福斯特为玛丽安作传，使玛丽安的生平事迹得以在后世流传。1877年，爱丽丝接受福斯特父亲的求婚。但二人婚后仅仅三年，福斯特的父亲就得肺结核去世，此时福斯特还不到两岁。

虽然福斯特的父亲去世时，他还未满两岁稚龄，但这一事件却以一种特殊的方式影响了他一生，致使他终身未有婚娶。福斯特的父亲去世后，他母亲爱丽丝在鲁克斯内斯特（Rooksnest，今Rooks Nest）租了一栋房屋，带着年幼的福斯特搬了过去。福斯特和母亲在这里居住了十年，度过了他一生中最快乐的童年时光。在这十年里，福斯特的人格特征逐渐形成。丈夫的患病去世，使爱丽丝十分关注福斯特的身体健康，以至后者受到了过度的保护。并且，爱丽丝守寡后拒绝一切再婚的机会，常到她家中做客的都是家族的女性成员以及女性友人。因此，在人格形成的重要时期，福斯特的成长缺乏男性长辈的榜样，这导致了福斯特的同性恋倾向。在福斯特生前，他的同性恋身份只为少数密友所知，并没有向公众披露。根据相关学者的研究，福斯特一生至少与三位男性有过瓜葛。第一位是他在剑桥大

学求学期间的同学梅瑞迪斯（H. O. Meredith），这段关系持续到1905年梅瑞迪斯成婚之时终止。后来，福斯特以梅瑞迪斯为原型，创作了小说《莫利斯》。福斯特爱慕的第二位男性是一位来从印度到牛津求学的帅气小伙马苏德（Syed Ross Masood），当马苏德得知福斯特对自己的爱意时不置可否。由于马苏德的原因，福斯特爱上了印度，曾多次到印度旅行，还创作了小说《印度之行》。与福斯特有情感纠葛的第三位男性是一位英俊的已婚警察鲍勃·白金汉（Bob Buckingham），这一段关系维持时间最长久。鲍勃的妻子逐渐接纳了福斯特作为特殊的一位家庭成员，而福斯特则将夫妻二人都引见给自己在作家圈中的好友。1970年，福斯特因中风而在鲍勃家去世。五年后，鲍勃也去世，他与福斯特的骨灰被合在一起，撒入考文垂火殡仪馆的玫瑰园中。

福斯特在剑桥的经历对他的作家生涯产生了重要影响。1897年，十八岁的福斯特被剑桥大学国王学院录取。首先，他在剑桥的三位导师对他产生了重要的影响，他们是奥斯卡·布朗宁（Oscar Browning）、纳撒尼尔·韦德（Nathaniel Wedd）、高尔斯华绥·狄金森（Goldsworthy Lowes Dickinson）。福斯特与布朗宁一起在钢琴上演奏二重奏，在狄金森的引导下接触到自由主义政治思想，在韦德的影响下爱上了意大利艺术。其二，在剑桥求学期间，福斯特在同学兼恋人梅瑞迪斯的帮助下加入"使徒秘社"（the Apostles）。"使徒秘社"的成员都是剑桥国王学院的学生，他们时常聚在一起，秘密举行读书会，分享、探讨哲学和伦理道德方面的问题。"使徒秘社"的许多成员日后都成为英国社会各个领域的文化精英，如《维多利亚时代名人传》（*Eminent Victorians*）的作者、著名传记作家利顿·斯特莱奇（Lytton Strachey）、伍尔夫的丈夫伦纳德·伍尔夫（Leonard Woolf）、有现代经济学最具影响力的经济学家之一、"宏观经济学之父"之称的约翰·梅纳德·凯恩斯（John Maynard Keynes）、在哲学、数学、文学、教育学、逻辑学等诸多领域都做出了杰出贡献的伯特兰·罗素（Bertrand Russell）和新实在论、分析哲学的创始人摩尔（G. E. Moor）。从剑桥毕业以后，"使徒秘社"的许多成员都加入了后来十分著名的布鲁姆斯伯里集团（Bloomsbury Group），这是位于英国伦敦的一个贵族式文化精英小圈子。福斯特也加入了这一文化圈，但不同于伍尔夫是这个圈子的核心成员，福斯特的身影只是偶尔出现。实际上，福斯特并不完全赞同布鲁姆斯伯里集团的价值观，他对这一圈子的贵族式文化氛围在一定程度上持批评的态度。

（二）《霍华德庄园》概略

《霍华德庄园》是福斯特的代表作之一，受到广泛好评。1910年，《霍华德庄园》一经出版就大获成功，使福斯特的名气更上一层楼。进入20世纪后半期，《霍华德庄园》经受住了时间的检验，它不仅是大众喜爱的小说，学界对它的关注也呈上升趋势。1998年，美国兰登书屋评出20世纪的一百部最佳英语小说，《霍华德庄园》名列第38位。《霍华德庄园》曾多次被改编成舞台剧、电影和电视剧。1967年，《霍华德庄园》被改编成舞台剧，在伦敦新剧院上演。

1992年，《霍华德庄园》被改编成电影，获得了极大的成功，在第65届奥斯卡金像奖、第50届美国金球奖、第46届英国电影和电视艺术学院奖、第37届意大利大卫奖等多个重量级电影节上斩获多项大奖。2009年，《霍华德庄园》被英国广播公司（BBC）改编为一部由两部分组成的广播剧。2017年，英国广播公司又将《霍华德庄园》改编成一部四集迷你剧。另外，《霍华德庄园》还被改编成了歌剧。值得一提的是，英国新锐女作家扎迪·史密斯（Zadie Smith）在《霍华德庄园》的影响下创作出小说《论美》（*On Beauty*），被认为是当代版的《霍华德庄园》，是对《霍华德庄园》的致敬之作。2005年，《论美》获得布克奖提名，2006年获得女性小说柑橘奖（Orange Prize）。

《霍华德庄园》讲述了20世纪初英国的三个家庭之间的纠葛，整个故事围绕一个名为霍华德庄园的英国传统庄园展开。施莱格尔家族常年租住在伦敦威克姆老巷的一栋房屋，代表20世纪初英国的文化精英阶层。在故事开始时，施莱格尔家只剩玛格丽特、海伦和蒂比姐弟三人，父母在他们幼年时便相继去世，家中实际由大姐玛格丽特主持各项事务。玛格丽特和海伦都有很高的文化水平和艺术修养，时常参加和举行各种探讨政治、金融、文化、艺术等聚会，蒂比则在牛津大学上学。有学者认为，玛格丽特两姐妹是以伍尔夫和姐姐凡妮莎为原型塑造出来的人物。姐弟三人都热爱旅游，常常到欧洲旅游。有一次，他们在欧洲遇到了威尔科克斯一家，这是一个六口之家，由父亲亨利、母亲鲁丝、大儿子查尔斯及其妻子多莉、小儿子保罗、女儿埃维组成。威尔科克斯家属于英国大资产阶级，父亲亨利和大儿子查尔斯在英国经商，小儿子保罗在海外殖民地开拓市场。在这一次的相遇中，鲁丝与玛格丽特和海伦两姐妹相谈甚欢，邀约她们回国后到家中做客。回国后，海伦应邀前往霍华德庄园做客，玛格丽特则由于要照顾忽然患病的蒂比无法同行。在霍华德庄园，海伦与保罗短暂热恋，后因保罗害怕恋情被父母发现而分手。海伦回家后，经过一段时间的恢复，回到正常生活。一次，姐弟三人去听交响乐，偶遇一个叫伦纳德·巴斯特的年轻人。伦纳德出身寒微，在伦敦一家公司做小职员，但是他热爱文学和艺术，每晚回到家中都要读书作文，还常常攒钱去听音乐会。伦纳德敏感害羞，品性善良，娶了一个妓女。在这一次音乐会上，海伦中途离席，拿走了伦纳德的雨伞，这成为伦纳德与玛格丽特姐妹交集的开端。后来，鲁丝突然去世，她在临死前留下遗嘱，指定玛格丽特为霍华德庄园的继承人。威尔科克斯家族众人无法接受鲁丝的做法，私自将遗嘱烧毁。过了几年，威克姆老巷要拆迁了，施莱格尔一家只好另寻住处。在此期间，玛格丽特和亨利相遇，二人订婚，海伦强烈反对。玛格丽特和亨利结婚后，过上了一般家庭主妇的生活。在亨利的女儿埃维的婚礼上，海伦将伦纳德夫妇带到宴会，原本要指责亨利将错误的消息透露给伦纳德，致使后者失业，却意外揭露亨利年轻时婚内出轨、包养伦纳德之妻的丑事。对于姐姐的顽固，海伦愤然离去，在临走前与伦纳德媾和，不久后在异国怀孕。后来，查尔斯在霍华德庄园失手杀死伦纳德，被送进监狱。亨利精神崩溃，向玛格丽特寻求安慰，并将霍华德庄园过到玛格丽特名下。最终，玛格丽特合法继承了霍华德庄园，并指明庄园的下一任继承人为海伦和伦纳德的私生子。

二、《霍华德庄园》的图像叙事特征

从结构上看，《霍华德庄园》与福斯特的其他小说一样，都是传统小说的结构。但是，《霍华德庄园》并不是一部传统的现实主义小说，而是具有现代主义小说的特点。首先，它在内容上所反映的是 20 世纪初处于现代主义转折时期的英国社会的诸多问题，如城乡矛盾、阶级冲突、女性主义崛起、英德敌对、工业化带来的污染、现代城市的发展等。这部小说之所以在一个世纪后的今天仍然广受欢迎，其中的一个重要原因就是这部小说的内容和主题对当今英美两国具有启发意义。其次，《霍华德庄园》具有明显的视觉特征。这是因为，《霍华德庄园》不仅有大量的语象叙事，而且福斯特对小说中最重要的意象——霍华德庄园的描绘本身就是一种对视觉再现的文字再现。

（一）福斯特的记忆空间与心理图像

《霍华德庄园》这一小说文本是福斯特根据自己童年时期在鲁克斯内斯特地区和母亲一起居住的宅院创作的，这一宅院正是小说中霍华德庄园的原型。福斯特对这栋宅院感情极深，十五岁时由于房东的原因搬出这里，他一生中曾多次返回这里缅怀自己的童年时光。正如《霍华德庄园》中拥有霍华德庄园的鲁丝娘家姓霍华德，而福斯特母子所居住的宅院是一家姓霍华德（Howard）的人家的房产，在当时就被称作"霍华德宅院（Howards）"。1976 年，这一宅院被列入英国一级挂牌保护建筑名单（Grade Ⅰ listed buildings）。在《霍华德庄园》1973 年的版本中，一篇福斯特本人的自传和一幅他亲自手绘的地图被附在附录部分。在这篇自传中，福斯特回忆了他在鲁克斯内斯特度过的十年快乐时光。根据他的自传所述，鲁克斯内斯特是位于英国东南部赫特福德郡（Hertfordshire）的北部城镇斯蒂夫尼奇（Stevenage）的一个村庄，村庄附近有一个农场。那幅地图则是关于福斯特与母亲在此期间居住的那栋宅院以及周围环境的，描绘了那栋宅院以及周围的草坪、花园、草场等地。在鲁克斯内斯特的十年是福斯特一生中最快乐的时光,这一地区以一种图像的形式深刻在福斯特的记忆里。凭借这种深刻的记忆,福斯特将自己脑海中的图画清晰地还原在画纸上。

正如福斯特关于鲁克斯内斯特地区回忆录和地图所反映的,在福斯特搬离这一地区之后,霍华德宅院一直以一幅生动的图画储存在他的记忆库中。从这里,我们也可以推断出,当年福斯特在创作《霍华德庄园》时心里必定有一幅霍华德宅院的清晰图画,而他将这幅画以文字的形式再现了出来。结合福斯特的回忆录、手绘地图和《霍华德庄园》小说文本来看,霍华德宅院与霍华德庄园几乎如出一辙。在小说中,霍华德庄园也与一个农场相连,最重要的植物是一棵山榆树,树上有猪的牙齿,这棵山榆树被反复提到。玛格丽特第一次拜访鲁丝时,后者就告诉玛格丽特那棵山榆树是"赫特福德郡最漂亮的山榆树";"离地面大约四五英尺的地方,树干上有几颗嵌在里面的猪牙。乡下人多年前钉进去的,他们认为如果他们嚼一块树皮,它会把牙痛病治好。那些猪牙现在几乎被树皮长没了,却没人到树上取过树皮"。① 后来,玛格丽特第一次到霍华德庄园时,看到了那棵山榆树。在她看来,山榆树与庄园、与英国有一种内在的精神联系。"山榆树是一个伙伴,躬身护着这座房子,根须充满力量和冒险精神,不过树梢儿充满温情,十几个人合起来都抱不住的树干在顶端渐渐隐去,灰蒙蒙的叶芽串儿好像在空中翻飞。山榆树是一个伙伴"(福斯特,第259页)。在福斯特的回忆录里,霍华德宅院也有一棵山榆树,树上也有牙齿,只不过不是猪牙。"在离地面四英尺的地方,三四颗尖牙深深地嵌入粗糙的树皮。我知道那是家中有长辈牙疼的人的一种虔诚的献祭,他们认为嚼几块树皮就能治好牙疼。至于那是不是他们自己的牙齿,我就不得而知了。而且,他们牺牲一颗健康的牙齿来换取治愈一颗病牙似乎不太可能"。② 而在福斯特的手绘地图中,霍华德宅院和霍华德庄园临近的农场和山榆树都赫然

---

① E. M. 福斯特:《霍华德庄园》,苏福忠译,上海译文出版社,2016,第86页。(本章后文中对《霍华德庄园》的引用一律采用文内加注的形式进行标注,不再单独列出脚注。)

② Foster, E. M. "Rooksnest". *Appendix to Howards End*. Ed. Oliver Stallybrass. London: Arnold, 1973, P. 346-347.

在目。我们可以推断出，福斯特对客观存在的霍华德宅院的视觉映像在他的脑中生成了一幅记忆图像，而他对小说中霍华德庄园的文字描写是基于他头脑中对于霍华德宅院的记忆画面的。因此，福斯特对霍华德庄园的塑造是一种文字对心理图像的再现，是再现的再现。

（二）语象叙事

《霍华德庄园》的一个显著视觉特征就是文本内部大量的语象叙事，这主要体现在福斯特对小说场景、人物刻画、视觉艺术品等多方面的逼真再现上。《霍华德庄园》的这些语象叙事不仅使小说文本产生了图像的空间效果，而且对小说情节的推进和主题的表达具有重要作用。在小说所包含的多种类型的语象叙事中，对场景的语象叙事最为集中和重要。

《霍华德庄园》是一部空间感极强的小说，标题中的同名庄园是小说的核心空间意象。在小说中，霍华德庄园的立体形象通过多个人物的视角直观地展现在读者的面前。在小说一开篇，海伦就在写给玛格丽特的信中详细描绘了霍华德庄园的内部空间和外部环境。庄园的内部构造为："从过厅向右走可进入餐厅，向左走便是客厅了。过厅本身其实就是一间屋子。打开过厅里的另一道门是楼梯，顺着一条通道直达二楼。二楼并排着三间卧室，三间卧室的上面是一排三间阁楼……从宅子前的花园一眼望去正好是九个窗户"（福斯特，第1页）。在宅子外，"还有一棵高大的山榆树——抬眼看去左边就是——歪歪地依傍宅第生长，位于花园和草地中间……另外还有普通的榆树、橡树……梨树、苹果树和一架葡萄藤"（福斯特，第1页）。这里，海伦对霍华德庄园内部空间的布局和宅第外围生态环境的描绘使用了"走""进入""打开""望去""抬眼看"等多个动词，仿佛不是用文字在描述，而是用移动的镜头带领观众缓慢观看霍华德庄园，非常具有视觉性。后来，玛格丽特初次到霍华德庄园时，她看到：

> 海伦描述过的那些青梅树出现了，网球场出现了，六月

里开满大蔷薇、显得格外灿烂的那道树篱也出现了,然而现在一眼看去景色发暗,绿色也很惨淡。那处小洼地倒是颜色比较生动,气象焕发,水仙花像哨兵一样伫立在洼地边缘,犹如大军集结起来,随时准备向草地进发。郁金香犹如盛满珠宝的碟子。她没有看见那棵山榆树,却看见了一棵葳蕤的藤蔓,上面缀了紫色的圆球,把那门廊盖住了……花儿看上去那么鲜艳无比,就是在门廊前悠闲拔下的野草也绿油油的……房子后边的花园,樱桃树和李子树正在开花,一片灿烂。再往远处,隐约可见草地和松树的郁郁葱葱。是的,那草地很美丽。(福斯特,第250～251页)

这里,玛格丽特所看到的霍华德庄园是五彩缤纷的,是以自然植物为主的,她以更加全面的视野向读者展示了霍华德庄园充满灵性的全貌。和海伦只是点明庄园的物相比,玛格丽特的描述显得更加感性,暗示了玛格丽特和这座庄园具有更深层次的关联,表明二者具有内在的精神联系。

霍华德庄园位于伦敦近郊,自然风光宜人,与此形成鲜明对比的是工业化给伦敦城带来的严重污染。施莱格尔姐妹的姨妈搭乘查尔斯的汽车经过一个布匹商店时,"灰尘正在散落……一部分路灰已飘进了敞开的窗户,一部分路灰染白了路旁花园里的玫瑰和醋栗"(福斯特,第20页)。到了晚上,即使灯火辉煌,伦敦也是笼罩在一片阴霾之中。"在主要的通衢大道上,点灯嘶嘶作响,曲里拐弯,人行道上,煤气灯闪闪烁烁,有的黄灿灿,有的绿莹莹。天空像一片春天的火红战场,不过伦敦并不惧怕。伦敦的烟雾遮挡住了那片火红的战场……伦敦向来不知道更加纯净的空气形成的轮廓清晰的云团"(福斯特,第151页)。这里,通过街道、街灯、烟雾、云团这一连串的意象,"黄灿灿""绿莹莹""火红"等多个表示颜色的词汇,福斯特逼真地描画出20世纪初伦敦的夜晚图景。一方面,这段语象叙事生动地再现了一个由于电力和煤气的大规模使用而灯火辉煌的早期现代都市的夜景；另一方面，这段语象叙事也形象地展示了在工业化进程中烟尘弥漫的灰色伦敦。很明显，伦敦城与霍华德庄园在整体上有一个暗沉与明亮的色调对比，陷于工业污染而一片压抑灰暗的伦敦城与美丽灿烂的霍华德庄园形成鲜明对照，反映了福斯特对于过度城市化和工业化带来的负面效应的批判，以及对霍华德庄园所代表的乡村、传统、自然的怀念。

三、《霍华德庄园》中的性别空间

福斯特在《霍华德庄园》中书写了三种由不同性别话语主导的空间，即男性空间、女性空间与性别平衡空间。本文从空间、女性主义、疯癫理论等角度入手，发现在不同的意识形态型塑的性别空间中，由于权力关系决定的主体位置不同，女性身份也不同。在父权意识形态统治的威尔科克斯家族，女性是男性话语规训下的他者。在女性意识形态主导的施莱格尔家族，女性积极维护自我主体身份。而霍华德庄园则是经过两个家族的男性和女性为了维护或挑战男性霸权的权力斗争后生成的性别平衡空间，两性承认差异，互为主体。

英国爱德华时代是维多利亚精神与现代性交汇的时期，社会动荡不安。"工人问题与女性问题凸显，爱尔兰政治社会权力发生转移。一战迫在眉睫"[1] 整个社会弥漫着一种焦虑的情绪，知识分子积极思考"什么样的精神和特质以及哪个阶级、什么地方才能支撑起20世纪英国的未来"这一问题。[2] 通过创作《霍华德庄园》（*Howards End*，1910）这一小说文本，福斯特表达了对英国命运的忧思。隐含作者的声音不时插入，"我们被告知，无论是玛格丽特还是海伦都不是作为她自己在说话，她的话语总是有其他

---

[1] Hynes, Samuel. "Introduction". in *The Return of the Soldier*. New York: Penguin, 1998, P. ix.
[2] Masterman, C. F. G.. *The Condition of England*. London: Methuen & Co. 1909, P. 11.

的、更大层面的含义"。① 正如伍尔夫（Virginia Woolf）所说，这部小说与其说是一个文学文本，不如说是福斯特思想的载体。爱德华时期典型的社会生活在小说中均有涉及，反映了福斯特对英国社会的阶级、性别与民族等问题的全面思考。本章这一部分借助列斐伏尔（Henri Lefevre）的空间概念，结合文本细读，通过分析性别空间与女性身份的密切关系，试图回答这样一个问题：为什么是玛格丽特继承了霍华德庄园？

列斐伏尔认为，现代空间不是中性的，而是政治性的。"空间是政治性的、意识形态性的。它是一种完全充斥着意识形态的表现"。② 也就是说，空间充斥着意识形态色彩，是社会关系生产与再生产的产物，表征了一种霸权与臣服的等级秩序。同时，空间具有生产性，这使得在空间中臣服的一方具有反抗、颠覆霸权的可能性。这样，空间就具有动态的流动性，成为权力关系交锋的场域。从性别这一层面来看，不同性别为主导的空间印刻了不同的性别话语所生产的意识形态，进而维护和再生产该性别空间中的等级秩序。在本文中，性别空间（gendered space）指由男女性别的意识形态型塑的、物质性与精神性相融合的空间维度。鉴于《霍华德庄园》主要反映的是19世纪末20世纪初的英国中产阶级生活，本文仅讨论这一时期英国中产阶级的性别空间与女性身份。"女人不是天生的，而是后天形成的"。③ 根据波伏瓦（Simone de Beauvoir）的观点，性别身份是文化建构的产物。同样，性别空间也不是天然形成的，而是文化建构的产物。在不同的性别空间中，主体位置的不同决定了女性的身份不同。在男性空间中，女性居于客体位置，是与男性主体相对的他者，是被规训（discipline）、被管制、被监禁的对象。在女性空间中，女性则居于主体位置，积极建构和维护自我的主体身份。值得注意的是，除了以上两种单一的性别空间外，还存在一种带有乌托邦性质的性别空间，即经过两性的权力斗争而生成的

---

① Woolf, Virginia. "The Novels of E. M. Foster". in *The Death of the Novel and Other Essays*. New York: Harcourt. 1942, P. 172.
② 亨利·列斐伏尔:《空间与政治》，李春译，上海人民出版社，2015，第37页。
③ 西蒙娜·德·波伏瓦:《第二性（Ⅱ）》，郑克鲁译，上海：上海译文出版社，2011，第9页。

性别平衡空间。在这一理想的性别空间中，两性互为主体，承认性别差异，致力于寻求差异中的平等。

（一）单一的性别空间

《霍华德庄园》是一部空间感极强的小说，不仅文本以空间命名，文本内部也充斥着形形色色的空间，情节主要由施莱格尔家族（以下简称施氏）在威克姆老巷的老屋、威尔科克斯家族（以下简称威氏）在迪西街的公寓以及霍华德庄园三处房屋串联起来。在文本中，房屋不再是单纯的物质性居所，而是充满了性别意识形态色彩的空间，是物理空间与精神空间的统一体。女主人公玛格丽特在一开始就指出，"咱家是一个女性家庭……这个家的女性气质是根深蒂固的，即使父亲活着时也不例外……它必须是女性的"；而威氏则"离了男性就不称其为家"（福斯特，第51页）。在这里，受男性统治的威氏构成了纯粹的男性空间，而受女性管理的施氏则构成了纯粹的女性空间。威氏受到父权的统辖，而施氏则被女性意识形态型塑，二者都是单一的性别空间，居于此间的女性由于受到不同性别话语的塑造而具有不同的身份。

西方进入现代资本主义社会后，社会空间从功能上划分为家以外的公共空间和以内的私密空间。"就两性的活动而言，性的角色规定由女人从事家务和照料孩子，而人类的其他业绩、事业和抱负却是男性的分内事"。[④]从宏观层面看，公共空间是男性的工作场所，他们在此挥洒血汗，赚取钱财供养家庭、创造文明。而家则成为他们生活的场所，他们在此休养生息，暂避风雨。女性被禁锢在家中，她们在此居住，也在此相夫教子，承担男性话语分配给她们的任务。家既是她们的生活空间，也是她们的工作场所。从微观层面看，即使在居所内部，也存在严格的性别空间划分。餐厅和客厅被认为是男性的领地，是其公共性与社会性的延伸，而女性则退居厨房和起居室。在这种功能化的空间划分中，女性的身份和地位都被降格。从

---

④ 凯特·米利特：《性的政治》，钟良明译，社会科学文献出版社，1999，第40页。

属性上来说,男女二性也与空间有不同的联系。对男性而言,进入资本主义社会后,空间也资本化了,因此是可交换的。在这种不断易手的过程中,空间的历史性大大削弱。而对于被限制在家庭内部的女性而言,空间不具有可买卖的意义,而是可继承的,因而更具时间性和历史性。因此,空间不可避免地与性别身份联系起来。

威氏的女性处于父权统治的空间中,她们虽然生活在爱德华时期,但却属于传统的维多利亚时期"屋里的天使"(angel in the house)。维多利亚时期的英国社会推崇对空间做公共领域和私人领域的划分,并将这两种领域分别赋予男性和女性的特性。"贸易、商业、政治、帝国和战争被认为是男性的领域,家庭事务、家庭、道德和精神指引则被认为是女性的领域"。① 可见,男性话语将政治、经济、社会发展的使命赋予男性,而将女性禁锢在私密的家庭生活中。一方面,男性话语人为地将女性排除在公共事务之外以维护男性的统治权威。另一方面,男性在为其霸权地位辩护时,又指责女性从未为人类的进步做出贡献因而应当臣服于男性。

在男性空间中,由于男性对空间做性别化功能的划分,女性沦为男性欲望投射的客体。威氏主要居住的两处房屋,在内部构造上具有惊人的一致性,这与这个家族的性别角色分工是相契合的。威氏的男性创办和管理跨国公司,而女性则成为他们逃离鲜血和汗水的避难所。在迪西街的公寓与霍华德庄园,餐厅、前厅和客厅都是男性的领地,餐厅的家具"全都像男人一样挺立,承受压力",前厅是"爷儿们吸烟的地方",客厅用企口板挡起来。女性则退居起居室,"女士们纷纷撤到这里,而她们的爷儿们在那边前厅讨论生活的种种现实"(福斯特,第 204~206 页)。在这样的空间布置中,女性被圈禁于私密的起居室,从而与公共生活绝缘,被迫患上"陌生环境恐惧症"。"受到教育和控制的女性倾向于过一种私人空间的、退隐的、局限于家庭范围之内的生活……她们很有可能会产生对于

---

① Murdoch, Lydia. *Daily Life of Victorian Women*. Santa Barbara: The Greenwood Press, 2014, xxiv.

公共空间和没有边界的开放空间的病态恐惧"。① 另外，与金碧辉煌的餐厅相比，灰黄色的起居室显得死板。这种颜色上的搭配，时刻提醒着女性，她们无足轻重的身份与黯淡无光的生活是理所当然的。

其次，男性在空间中对女性进行他者化的女性气质规训，女性在男性空间中的成长过程就是男性话语对她们进行塑造的他者化过程。她们被告知："除了你的性别外，你在其他地方微不足道"。② 因此她们只能服从父亲和兄弟的意志，"操演"（perform）妻子和女儿的角色。在此过程中，女性自己却被迫患上了"失语症"，她的声音被压制，无法言说自己。被男性话语规训的女性看到的只是自己镜子里的形象——"一个'无足轻重的人'，被拘禁在一定的框架中，只配被人描述、受人谴责"。③ 威氏的统治者亨利的姓氏"Wilcox"并不是福斯特随意选取，而是有其深意。"wil"与"will"和"well"相近，分别表示"意志"与"精通地"。而"cox"与"coax"发音相近，前者意为"舵手"，后者意为"劝诱"。"Wilcox"这个姓氏暗示了亨利既有掌控女性的欲望，又精通掌控女性的手段——话语操控。文本中也反复提到亨利的能言善辩及其话语对女性产生的压制力量。海伦在给玛格丽特的信中提到，"他把妇女选举权带来的各种最吓人的事情说得入木三分……让我遭受了从未有过的打击"（福斯特，第4页）。海伦反思自己今后应该少说为佳，"我这辈子还从来没有为自己感到这么羞愧过……我简直无言以对"（福斯特，第4页）。这里，亨利通过话语的运作使海伦产生了对自身主体意识的罪孽感，认同了父权意识形态。在亨利的规训下，威氏的女性都成为少言寡语的"天使"。妻子鲁丝气质高贵，却沉默寡言，一生为家庭操劳。女儿埃维长相美丽，一心热爱父亲，

---

① 桑德拉·吉尔伯特、苏珊·古芭：《阁楼上的疯女人》，杨莉馨译，上海人民出版社，2016，第70-71页。
② 米歇尔·福柯：《权力的眼睛》，严锋译，载《当代思想家访谈录》，包亚明主编，上海人民出版社，1997，第40页。
③ 桑德拉·吉尔伯特、苏珊·古芭：《阁楼上的疯女人》，杨莉馨译，上海人民出版社，2016，第77页。

终日以饲养小狗为乐。媳妇多莉生得标致，却没有头脑，对公公和丈夫言听计从。她们高雅美丽，温顺沉默，头脑简单，身体娇弱，身心都需要丈夫或父亲的保护，是维多利亚时期女性美德的完美化身。在以往的研究中，学界普遍认同对埃维、多莉和亨利的情人杰基作为"扁平人物"的贬抑态度。而从性别空间的角度出发就会发现，她们是男性话语运作下的受害者，实际上是令人同情的。

英国女性运动始于19世纪中期，女性以多种方式争取权益。到了19世纪90年代，女性开始质疑"屋里的天使"这一观念，"新女性"（New Woman）的形象也应运而生。反映到空间维度上，觉醒的女性开始有意识地构筑女性空间，这在公共领域和私人领域都有所表现。其中，女性自发组建的、完全由女性参与的、讨论社会与政治问题的各种俱乐部是女性在公共领域建构女性空间的尝试。在私人领域，女性也有意识地构筑以女性话语为主导的家庭内部空间。在女性空间成长起来的女性，由于不受男性话语规训而具有完整的主体性。施氏姐妹是新女性的代表，这与她们的空间体验密不可分。玛格丽特指出，即使父亲在世时，她们家也是一个女性家庭。一方面，这意味着这是一个由女性话语主导的空间。另一方面，这也暗示了这一女性空间是由两姐妹的母亲构筑的。生于斯长于斯的姐妹俩既继承了这一空间，又有意识地维护了这一空间。可以说，施氏的女性空间是两代女性努力的结果。"施氏一家总是笼罩着政治、经济、美学三位一体的气氛"（福斯特，第67页）。具有鲜明主体意识的两姐妹思想独立，并不拘泥于传统男权社会分配给女性的性别角色。她们身体健康，商业才干出众，热衷于参加公共活动，政治眼光独到，具有出色的逻辑思维和口才。

威氏与施氏是两个截然相反的单一性别空间，在这两个空间中成长起来的女性受到不同的意识形态的影响，呈现出截然不同的形象。威氏的女性生活在男性霸权的空间中，沦为男性主体的他者。而生活在女性空间里的施氏姐妹，则具有独立的人格和主体身份。由此，我们看到性别空间中的意识形态如何塑造女性身份，以及作为文化建构的性别身份背后的权力关系。

（二）对立的性别空间

西方社会中，女性意识觉醒于近现代城市，而城市的建构与发展主要由男性主导。在爱德华时代，"五分之四的英国人涌入了城市"。[①] 于是，男女性别的冲突与斗争主要在城市空间上演。施氏姐妹在老威克姆巷的住宅是女性空间，而亨利在迪西街的公寓则是男性空间。这两处房屋都位于伦敦市区，施氏与威氏的性别冲突与权力斗争主要在伦敦的城市空间展开。隐含作者声称"想以一种既稳定又全面的视角看待现代生活，那是不可能的"（福斯特，第202页）。自古希腊以来，西方社会就受到父权的统治，男性是性别二元对立式的前项，而女性则是被边缘化了的后项，她们被告知"天生"低人一等。"稳定"意味着维护男性统治权威，压制女性的觉醒和反抗，这就不可能达到"全面"。想要达到"全面"就意味着取得平衡，被压制的女性一方就必定要反抗，这就威胁到了男性统治权威的"稳定"。施氏的女性与威氏的男性都怀着或同化、或镇压对方的目的，各自以不同的方式或挑战、或维护性别等级秩序。

尽管施氏姐妹成长于同一个女性空间，但她们在两性问题上却有分歧。玛格丽特认为"在两性问题上需要慈悲为怀"，而海伦"爱憎分明，不懂宽容"（福斯特，第226页）。独自抚养弟妹成人的玛格丽特世故圆熟，秉持的是一种温和的女性主义，希望通过改良的手段达到性别间的平衡，而不是彻底颠覆性别秩序。她始终坚持"均衡是最终的秘密"（福斯特，第245页）。妹妹海伦则是激进女性主义的代表，她抽烟，未婚怀孕，做事手段激烈。海伦认为男人"永远不会知道"女人"想要什么"，而玛格丽特则认为"再有两千年，他们会知道的"（福斯特，第372页）。海伦决然否定了男性认知女性的可能，而玛格丽特则持乐观的看法。住在威克姆巷老屋中的施氏姐妹所持的是断裂的、未经联结的女性主义。威克姆老巷在城市化进程中的轰然倒塌，象征了两姐妹的分裂。这种分裂也使姐妹二人在日后与威

---

① Masterman, C. F. G.. *The Condition of England*. London: Methuen & Co. 1909, P. 12.

氏的男性的斗争中，各自陷入危险的境地。

　　玛格丽特认为，男性是物质基础的保证，而女性是精神内核，二者同等重要，只有将这两者联结起来，个体的人才能完整，英帝国才能永葆生机。在两性关系上，她选择了"全面"，即选择了平衡，她要"根据平衡生活"（福斯特，第88页）。因此，她渴望男性气概，以确保家族不至于过分阴柔。她感觉到亨利作为现代资本家与过去的武士和猎人一脉相承。"如果数千年来像威氏这样的人没有在英格兰实干、死去，那么你我别说坐在这里，活都活不成了。"（福斯特，第219）。这里，玛格丽特抛开了阶级差异，从线性历史的角度认可了男性对英国发展的重要性。而女性则"像一艘灵魂之船扬帆出海，带领所有勇敢的舰队驶向永恒"（福斯特，第220页）。换言之，玛格丽特认为男性的实干能为大英帝国的发展提供物质基础，而女性精神则能永葆帝国的繁荣。她在很早就意识到，她与妹妹之所以能进入男性特权的文化领域，从事各种新女性的活动，是因为祖产首先保证了她们的经济独立。尽管她们的财产主要来自母亲，但归根结底是男性赚取的。虽然亨利自大虚伪，对女性充满偏见，玛格丽特仍然坚持和他结婚。她认为自己可以改造他，实现男性物质基础与女性精神内核的联结。而亨利选择了"稳定"，即维护男性的统治权威。他认为施氏姐妹"不应该单独生活在伦敦"，"她们应该有人照顾一下"（福斯特，第185页）。他以她们的保护者自居，实际上是想规训这两个具有反叛精神的他者，意图把她们改造成臣服于男性意志的"天使"。可以说，婚姻是玛格丽特和亨利关于性别的权力斗争场域。

　　玛格丽特抱着改造亨利的愿望与亨利结合，进入威氏的男性空间，却陷入被同化的危机。西方男性统治权威自奴隶社会就确立起来，延续至爱德华时代，已经历史悠久。而女性觉醒发生于近代，面对长期压制女性的父权显得稚嫩，缺乏斗争经验。玛格丽特与亨利相差二十多岁的年龄差距，象征了男性霸权与女性觉醒在时间上的鸿沟。鲁丝指出玛格丽特缺乏阅历，指的就是新近成长起来的女性由于经验匮乏容易落入父权的陷阱。而玛格丽特对鲁丝的话不以为然，显然是没有理解鲁丝话语中的真实含义，这也为她在与经验老到的亨利的斗争中落败埋下伏笔。婚后,玛格丽特与亨利搬进了亨利在迪西街的公寓。如前文所述,这是一个刻意布置的男性霸权空间。玛格丽特初入这所房子,就发现"她自己的家具和这样的装修怎么都不配",她产生了一种不舒适感,"差点儿晕过去"(福斯特,第204~205页)。显然,玛格丽特的女性意识在男性空间中受到男性意识形态的侵袭,而这在她与亨利的斗争中只是个开始。

婚后,亨利作为话语操控的"老江湖",潜移默化地对玛格丽特施加意识形态的影响,而玛格丽特的声音则逐渐被压制,主体意识逐渐被剥离。"她丈夫改变了她的性格"(福斯特,第219页),"他只要招呼一声,她就会把书本合上,随时准备按他希望的去做"(福斯特,第325页)。她全面退出了过去对她而言不参加就像犯罪一样的公共活动,而投身于家庭生活,扮演男性话语规定的完美的妻子。"早上起来,亨利去忙生意,他的三明治……总是她做的";"亨利走后,她开始拾掇房子,分派女佣们干活儿"(福斯特,第327页)。男性话语对玛格丽特的影响一目了然,她一步步转变为男性空间中的"天使"。正如鲁丝所担忧的,"阅历"不够的玛格丽特掉进了亨利精心编织的圈套。她患上了"失忆症","很自然地'忘掉了'她自己的历史"。① 她"忘了"曾坚信的女性力量和改造亨利的使命,陷入被父权意识形态同化的危险与女性身份认同的危机。"权力……形成知识,生产话语"。② 男性霸权生产的知识与话语,通过将父权意识形态内化到女性思想中,维护男性的统治权威。认同了父权意识形态的女性不仅认同了男性对她们自己的压制,也不自觉地参与了男性对其他女性的镇压。在男性空间中被同化了的玛格丽特成为亨利镇压海伦的帮凶。

与玛格丽特相比,海伦桀骜不驯,怀有更强烈的女性意识和更激进的女性主义主张。如前所述,海伦在文本的开头臣服于亨利的话语的力量。

---

① 桑德拉·吉尔伯特、苏珊·古芭著:《阁楼上的疯女人》,杨莉馨译,上海人民出版社,2016年,第77页。

② Foucault, Michel. Power——*The Essential Foucault: Selections from the Works of Foucault, 1954-1984*. Ed. James D. Faubion. New York: The New Press, 2003, P. 307.

她与保罗的爱情"不是和一个人,而是和一个家庭"(福斯特,第26页),反映的是她陷入男性空间而被同化的危险。然而,在霍华德庄园这样一个既不是女性空间,也不是纯粹男性空间的场所,海伦虽然受到亨利话语的影响,她的女性意识却使她避免了被同化的危险。保罗对公开二人恋情的惧怕使海伦认识到父权意识形态及其话语的虚伪性,看到"威氏全家都是骗子",他们背后"只有恐慌和空虚"(福斯特,第29页)。她清醒地认识到,威氏家族的男性以及被同化了的"天使"——女性实际上是在通过欺骗性的父权意识形态话语维护男性统治权威。骤然清醒的海伦,此后在两性问题上表现得更加激进。在这次寄居于男性空间的短暂经历之后,海伦一直有意识地生活在女性空间中。她强烈反对玛格丽特和亨利结婚,连说12个"不要",正是因为她预见到了玛格丽特可能被同化的危险。反对无效后,海伦与同情女性的有妇之夫伦纳德苟合并将自己一半的财产赠与他。接着,她只身前往国外,与一位激进派女性主义者同住。在威克姆老巷被推倒后,海伦出国的行为反映了她与玛格丽特决裂之后的孤独与无助,也是对男性话语的拒绝和逃离。而她与那位女性主义者同住的行为,实际上是在有意构筑另外一个女性空间。另外,她一针见血地指出了以亨利为代表的男性镇压异己的手段:"谁会对他们的舒适构成威胁,就抹杀他们的独立性"(福斯特,第241页)。海伦对男性话语之本质的深刻认识,使男性话语的策略无法再对她产生作用,她已经完全成为威胁父权统治的异端。

在爱德华时代的英国,女性运动在城市空间进行,为了维护统治权威的男性与为了争取权力的女性之间的冲突和权力斗争在城市空间上演。但二者的矛盾和冲突始终不能得到解决,玛格丽特未能改造亨利,亨利也未能驯服海伦。可见,对于爱德华时代愈演愈烈的性别冲突,福斯特不认为城市空间是解决矛盾的理想场所,他将矛盾的化解之地放到了霍华德庄园。

（三）平衡的性别空间

如前所述，产生于城市空间的两性冲突并不能在城市空间得到平息，矛盾的化解之地最终落到了霍华德庄园。值得注意的是，霍华德庄园并非坐落于纯粹的乡村，而是位于伦敦近郊。"这里算不上真正的乡村，也不是城镇"（福斯特，第427页）。它介于城市和乡村之间，是城市和乡村的联结点，隐喻了一种平衡的性别观。如苏所说，"福斯特的小说将形式上的联结表征为一种表达对立的世界观的框架，而非对差异的压制，这种联结通过延伸倡导民主的自由主义精神与自由价值观的宽容……小说反映了一种调和社会、政治的紧张关系的愿景"。[1] 因此，霍华德庄园是一个平衡空间，威氏与施氏姐妹的冲突最终在此化解，男女性别关系达到一种平衡。

福柯认为，精神病学作为一种医学话语是社会防护的一个领域，它把"疯癫建构为疾病并把它理解为危险"，疯癫的核心是"顽固、反抗、不服从、反叛"，"疯癫的内核会在所有可以对社会构成危险的人之中"。[2] 也就是说，疯癫针对的是司法权力以外的、不服从现行统治权威而对现行秩序构成威胁的危险分子。对司法不能惩罚的异己分子，疯癫"有效地产生了一种补充惩罚的作用，在教养院的补充惩罚中，这种补充的折磨有助于维持秩序"。[3] 精神病学将不符合社会规范的行为界定为不正常、不理智的行为，需要被控制、被治疗。而被治愈意味着通过被规训，"不正常"的部分被消除，进而顺服社会主导规范。建构疯癫、治疗疯癫，于是成为维护统治秩序的一种手段。同样，在性别这一层面，居于霸权地位的男性话语将不服从男性规范的女性界定为不正常、非理性的他者，因而需要对其实施强制性的管制、监禁与治疗，以维护男性统治权威。可以说，女性

---

[1] Clewell, Tammy. "Introduction". in *Modernism and Nostalgia*. Ed. Tammy Clewell. Basingstoke: Palgrave Macmillan, 2013, P. 18.

[2] 米歇尔·福柯：《不正常的人》，钱翰译，上海人民出版社，2003，第130-132页。

[3] 米歇尔·福柯：《疯癫与文明》，刘北成、杨远婴译，三联书店，2003，第209页。

的疯癫是父权话语型塑的产物，是父权镇压性别上的他者的一种手段。对疯癫的界定、判断、评估以及治疗均由医学话语实施，因此男性话语在医学话语的帮助下，将疯癫作为镇压、同化反叛的女性的合法化手段。

在《霍华德庄园中》，海伦充满反叛精神，拒不接受父权话语的规训，因此她必须受到惩罚和治疗。亨利一家和被父权意识形态同化而"失忆"了的玛格丽特合谋，通过建构疯癫实施了对海伦的镇压。首先判断海伦"疯了"的人是玛格丽特。她认为海伦拒不原谅亨利，是一个危险的信号。"真正的危险是反动。她对威氏家族的反动已经啃咬她的生命，直到把她侵蚀得近乎疯狂"（福斯特，第347页）。也就是说，海伦"疯了"的真正原因是她对父权的反动。玛格丽特将海伦"疯了"的"事实"报告给了亨利，她实际上充当了父权对不服从的女性的监视者。随后，她又与亨利一起策划了对海伦的诱捕。"病人没有权利……海伦也病了。他拟订将她圈养起来的计划"（福斯特，第353页）。病人没有权利，"病了"的女人更没有权利。"权力产生和发送的真理的效应，这种真理的效应又反过来再生产权力"。① 在父权社会中，男性话语便是真理，这种真理效应反过来又巩固了男性权威。在这种等级体系下，女性的话语被剥夺了资格，不具有意义，因而是无效的。因此威氏家族理所当然地将鲁丝在弥留之际留下的遗嘱判定为无效，既剥夺了鲁丝的话语权力，也剥夺了玛格丽特继承霍华德庄园的权力。同样，海伦的话语也被父权的真理话语剥夺了资格，处于话语等级体系的下层，因而不具有意义和效力，她将被迫失语。在这场诱捕中，玛格丽特写信将身在海外的海伦诱骗至霍华德庄园，亨利则找了一个医生同行。在还没有见到海伦之前，这位医生就已经预先认定海伦的问题是神经方面的。医生的鉴定将是证明海伦"疯了"的关键一环，其专业权威将使建构的疯癫合法化。在此，医生与亨利的同谋关系不言而喻。由此，我们看到亨利如何有组织、有预谋地建构海伦的疯癫，以此来剥夺海伦的

---

① 米歇尔·福柯：《权力的眼睛》，严锋译，载《当代思想家访谈录》，包亚明主编，上海人民出版社，1997，第227页。

主体权,强行镇压她的主体意识,海伦的情况岌岌可危。

然而,这场设置在霍华德庄园的围捕注定不能成功。"在小说写成之前,'正确的'解决方案就已经设定好了,而福斯特的任务就是确保这个解决方案会确实生效。因此,小说大部分内容是人为的为这个终极'构想'的辩护"。① 福斯特有意将霍华德庄园塑造成性别的平衡空间,以表征他为当下性别冲突给出的解决方案。因此在这里,两性中的任何一方都不可能压制住对方。玛格丽特及时阻止了这场围捕,保护了海伦。在临近霍华德庄园的近郊,玛格丽特在城市中的男性空间中被亨利压制的女性意识开始复苏。亨利企图欺骗她而独自带医生前去围捕海伦的行为,使玛格丽特意识到,"亨利不过是在像对待海伦一样对待她……她想:'我活该;失掉本色,咎由自取'"(福斯特,第359页)。换言之,玛格丽特开始认识到,在男女性别的二元对立中,女性永远是男性的他者,是他驯服、镇压的对象。另外,医生的加入使她意识到"这群人正在扑向海伦,要剥夺她的人权"(福斯特,第360页)。她真实地感受到,这场围捕将给海伦带来灭顶之灾,并且反思:"我们的父亲要是活着,会怎么看我呢?"(福斯特,366页)。因此,血亲的姐妹情谊也是玛格丽特临阵倒戈的一个原因。需要注意的是,虽然此时玛格丽特的女性意识有所复苏,但她仍处在"失忆"状态,对父权意识形态的认同仍占主导地位。

救下了海伦之后,玛格丽特进入霍华德庄园。霍华德庄园原本是鲁丝娘家的祖产,在家族中唯一的男嗣、鲁丝的哥哥亡故后传到鲁丝手中,鲁丝婚后由亨利打理。鲁丝在临死前的种种迹象表明,她的女性意识已经觉醒,主体权力渴望得到伸张。虽然鲁丝是因病亡故,但她的葬礼却使人们联想到阿尔刻提斯和奥菲利娅的葬礼。希腊神话中的阿尔刻提斯与《哈姆雷特》中的奥菲利亚都死于自杀,鲁丝与她们的联系暗示了鲁丝向死而生的自杀倾向。正如维多利亚时期自我意识开始觉醒的女性,"她活着的时

---

① Widdowson, Peter. "Howards End: Fiction as History". in *Case Studies in Contemporary Criticism: Howards End*. Ed. Alistair M. Duckworth. Boston: Bedford Books. 1997, P. 372.

候过着一种死亡的生活,但是死去之后,却可以使她的欲望、她的自我和她的生活得以真正实现"。① 鲁丝总是穿着曳地的长裙迤逦而行,其身影飘忽不定,是个"影子一般的女人"。因此,鲁丝"天使"的形象背后暗藏了一个反叛的幽灵,它代表了"缺乏权力的"鲁丝"对于权力的一种秘密的企求"。② 她已经意识到自己受父权压迫的处境,生了反叛之心。她同时也意识到,自己长期浸染在父权意识形态空间,已经失去了反抗的能力。鲁丝看到玛格丽特不仅具有强烈的女性意识,而且认识到女性要在男性的压制下崛起的具体困难。于是她选定了生长在女性空间中的、更务实的玛格丽特为继承人。这种空间上的馈赠行为,表征了女性对自我意志在时间上的延续和积淀以反抗男性霸权的愿望。在男性空间中生存的鲁丝虽生犹死,只有她的肉体消亡,她的精神才能在玛格丽特身上获得新生,她的意志才能实现。因此在鲁丝有意识的布置下,本应是男性空间的霍华德庄园生发出了微弱的女性气息。

  鲁丝离世后,威氏迁居伦敦城。随后,明显与鲁丝保持着精神联系的埃弗里小姐擅自用施氏寄存在霍华德庄园的家具和书重新布置了庄园。从物理空间上来说,用家具填充了房屋,构建了其内部空间,而书本则使物理空间具有了精神内涵。从威克姆老巷的女性空间迁移至庄园的家具和书本延续并强化了鲁丝遗留的女性精神,使之具有更强劲的女性力量。进入庄园的玛格丽特和海伦穿梭于家族的家具和书本中,一种怀旧的情绪在她们的心中蔓延。在此,"海伦渐渐恢复得更像过去的海伦"(福斯特,第371页)。"我再也不会与威氏一家不共戴天了"(福斯特,第392页)。海伦承认,自己一系列激烈的行为是对威氏一家的报复。而现在,在庄园的空间力量感召下,她的愤怒平息了。同时,玛格丽特受亨利压制而遗失的记忆也被彻底唤醒,她的"失忆症"被治愈了。"怀旧可能蕴含着一种

---

① 桑德拉·吉尔伯特、苏珊·古芭:《阁楼上的疯女人》,杨莉馨译,上海人民出版社,2016,第33页。
② 桑德拉·吉尔伯特、苏珊·古芭:《阁楼上的疯女人》,杨莉馨译,上海人民出版社,2016,第34页。

进步的力量,像堡垒一样抵御任何不受质询的现行社会秩序,并为改变指出新的方向"。① 记忆是建构和重构主体身份的重要媒介,对身份认同具有重要意义。正是通过记忆的力量,玛格丽特对女性身份认同的危机被解除。此时,玛格丽特说自己已经死了,指的就是作为被男性话语同化的那个他者死去了,而作为女性主体的她获得了新生。"她们心里明白,她们姐妹永远不会分开,因为她们的爱扎根于共同的事情"(福斯特,第374页)。两姐妹取得了谅解,她们今后的情感维系根源于对女性主体身份的认同。于是,在威克姆老巷住宅中个体的、分裂的女性主义实现了联结。这种联结使得她们化解了被亨利同化、诱捕的危机。

从另一个方面来说,随着女性力量的强化,庄园中原本占主导地位的父权统治权威被削弱,女性意识形态与父权意识形态达到平衡。亨利在长子查尔斯被控过失杀人而入狱后,精神崩溃,只能向玛格丽特求助。"亨利的堡垒随即坍塌了。他受不了任何人,只能面对妻子,于是步履蹒跚地来到玛格丽特跟前,请她随意处置"(福斯特,第418~419页)。在霍华德庄园,玛格丽特对亨利潜移默化的影响显现出来,亨利表现得"更像个女人"了。这并不意味着亨利被"阉割"的女性化状态,而是反映出他的男性气质被女性影响综合了。他和玛格丽特互相理解与宽恕,最终达成了谅解,两性冲突因此在霍华德庄园的平衡空间中得以化解。最终,玛格丽特合法地继承了庄园,亨利和施氏姐妹共同聚居于此。在这个平衡空间中,男性与女性和平相处。

霍华德庄园在城市化进程中几度陷入被拆迁的危机,是亨利用钱财保住了它,再次表明了福斯特对男性构筑物质基础的肯定。施氏的家具和书本对庄园的填充,使男性的、物质的空间,具有了女性的、精神上的内核。被施氏的家具和书本填满的庄园,象征了男性物质基础与女性精神内核的圆满联结。"差异——,这是上帝在同一个家族内播下的东西,这样世界

---

① Clewell, Tammy. "Introduction". in *Modernism and Nostalgia*. Ed. Tammy Clewell. Basingstoke: Palgrave Macmillan, 2013, P. 3.

才会五彩缤纷"（福斯特，第423页）。由此，在这场性别的角力中，双方达成了和解，性别差异得到承认，玛格丽特最初秉持的平衡观在庄园的平衡空间实现。文本结尾处，一片祥和的庄园充满欢笑，表征了这个两性达到平衡状态的空间焕发出了新的生命力。

在小说的最后，福斯特借海伦之口肯定了玛格丽特的平衡观："我需要你；他需要你……你把碎片一片一片捡起来，为我们建立了一个家"（福斯特，第424页）。福斯特反对父权对女性的压迫，也不赞同激进的女性主义。他一方面肯定了男性构筑物质基础的重要性，另一方面强调了女性在精神上的影响力。两性各自承担不同的功能，缺一不可，两者的联结才能保证英帝国持久的繁荣昌盛。从本质上来说，他反对在性别上的压制与被压制的关系，而追求一种多元的、承认差异的平衡状态，两性之间应该相互理解、相互包容。因此他将继承霍华德庄园的资格赋予了承认差异、更加务实的玛格丽特，而不是极端化的海伦与威氏成员。在英国社会性别矛盾激烈的状况下，福斯特刻意在小说中营造出不同性别空间与女性身份的关系，通过强调性别平衡空间为两性关系指出了一条新的出路。这与六十余年后，波伏瓦在《第二性》中提出的两性应在差异中寻求平等的观点有异曲同工之妙。由此，福斯特作为一位社会思想家的伟大之处不言而喻。

本章小结

《霍华德庄园》是英国20世纪著名的现代小说家E. M. 福斯特的代表作之一，在英国文学史上占有重要地位。虽然这部小说不像其他的现代主义小说一样在结构上和叙事手法上具有明显的现代性，但它对现代生活经验的生动反映、对小说节奏的把控而使小说具有音乐性、对象征主义和语象叙事的运用等使它在现代主义小说的领域占有一席之地。《霍华德庄园》是一部极具空间性的小说，这从小说的创作过程、大量的语象叙事以及空间的主题体现出来。首先，《霍华德庄园》的创作是福斯特对他关于霍华德宅院的记忆图像的文字再现。其次,《霍华德庄园》使用了大量的语象叙事,具有栩栩如生的图像的空间效果。再次,空间是《霍华德庄园》的重要主题,它的标题就点明它是一部关于空间的小说。

第四章 《达洛卫夫人》的空间叙事策略

弗吉尼亚·伍尔夫（Virginia Woolf）是英国文学史上著名的现代主义小说的先锋作家，她与詹姆斯·乔伊斯、马塞尔·普鲁斯特等著名小说家一道在世界范围内推广了意识流手法（stream of consciousness）。她出身书香门第，自幼受到浓厚的文艺熏陶，具有深厚的人文底蕴。这种得天独厚的成长环境以及她本人超越时代的思想意识，使她刻意在小说作品中创造一种空间效果。在伍尔夫的小说中，时间与空间的序列被打破，过去、现在、未来交织在一起，从而在小说文本内部建立起一种空间的效果。不仅如此，她的小说大都采用了语象叙事等视觉书写。《达洛卫夫人》[①]是伍尔夫最具意识流特色的小说之一，在形式与内容上都有一种空间性效果。

一、伍尔夫与《达洛卫夫人》

弗吉尼亚·伍尔夫是英国文学史上著名的小说家、散文家、文学评论家之一，是英国现代主义小说的代表人物，也是女性主义思想的先驱人物。

---

① 本书采用译本：弗吉尼亚·伍尔夫：《达洛卫夫人》，孙梁、苏美译，上海译文出版社，2017。

伍尔夫从小受到良好的教育，博览群书，家中经常高朋满座，往来皆鸿儒，具有十分深厚的人文底蕴。同时，伍尔夫天性敏感，心思细腻，多重压力和伤害使她终生饱受精神疾病的折磨。但也是这种种缘由使她格外关注人的意识领域和心理空间，她对意识流手法的使用大大革新了传统小说技巧，极大地推动了小说的灵活性，使之更贴切地表达对现代生活的经验。因此，伍尔夫与詹姆斯·乔伊斯（James Joyce）、马塞尔·普鲁斯特（Marcel Proust）等作家一起被誉为意识流小说的开山鼻祖，在世界范围内推动了意识流技巧的广泛运用。《达洛卫夫人》（Mrs. Dalloway）是伍尔夫最著名的小说之一，也是她最具意识流特色的作品。

（一）伍尔夫小传

弗吉尼亚·伍尔夫（Virginia Woolf）原名艾德琳·弗吉尼亚·史蒂芬（Adeline Virginia Woolf），于1882年1月25日在英国伦敦海德门公园22号（22 Hyde Park Gate）出生，1941年投河自尽。伍尔夫出身书香门第，父亲莱斯利·史蒂芬（Leslie Stephen）和母亲茱莉娅·达克沃斯（Julia Duckworth）出身名门，家学渊远，二人均有非常深厚的文化艺术修养，为伍尔夫创造了文艺气息浓厚的成长环境。伍尔夫的母亲茱莉娅原名茱莉娅·普林瑟普·杰克逊（Julia Prinsep Julia），出生于1846年，其家族渊源可以追溯至法国大革命前，据传有法国贵族血统。茱莉娅的母族——帕特尔家族在当时以产出貌美而多才的女性闻名，茱莉娅的母亲玛莉亚和她的六个姐妹被称为帕特尔家族七姐妹。茱莉娅其中一位姨妈茱莉娅·玛格丽特是维多利亚时代著名的女摄影家，丈夫卡梅伦钟爱古典文化，二人在伦敦的家成为当时伦敦一个重要的文化社交中心，大批艺术家和学者云集于此。茱莉娅的另一个姨妈萨拉的丈夫是一位波斯学学者，二人婚后也建立了一个类似的文艺沙龙，著名作家萨克雷（William Makepeace Thackeray）、勃朗宁（（Robert Browning）、丁尼生（Alfred, Lord Tennyson），文学和美术评论家罗斯金（John Ruskin），前拉斐尔画派（the Pre-Raphaelites）创始人与主将画家霍尔曼·亨特（William Holman Hunt）和爱德华·伯恩·琼斯（Edward Burne-Jones）均是座上客。茱莉娅本人亦具备很高的文化艺术修养，十分热爱文学，尤其是司格特的小说，与前拉斐尔画派（the Pre-Raphaelites）的画家来往密切。并且，茱莉娅继承了家族的美貌基因，貌美异常且极具艺术气质，在当时的伦敦社交界非常受欢迎，常常被前拉斐尔画派主将爱德华·伯恩·琼斯当作模特。1867年，茱莉娅嫁给青年律师赫伯特·达克沃斯，为他生下三个孩子——乔治（George）、斯黛拉（Stella）、杰拉德（Gerald）。婚后仅三年，达克沃斯就意外去世，茱莉娅成为寡妇。

伍尔夫的父亲莱斯利·史蒂芬同样出身不凡，其曾祖曾参与英国反奴隶制运动，莱斯利本人更是英国著名的人文学者。莱斯利1832年出生，先后在伊顿公学和剑桥大学接受教育。从剑桥毕业后，莱斯利便开始为杂志撰稿，后来还成为《康希尔杂志》（*Cornhill Magazine*）的一名编辑，该杂志是一本专门的文学杂志，曾刊载过亨利·詹姆斯（Henry James）的和托马斯·哈代（Thomas Hardy）的著名小说《黛西·米勒》（*Daisy Miller*）与《远离尘嚣》（*Far from the Madding Crowd*）。莱斯利最大的成就在于他主持编纂了著名的《英国名人传记词典》（*Dictionary of National Biography*），该词典旨在为英国历史名人撰写简明扼要的、但具有权威性的传记。莱斯利编纂了该词典的前二十六卷，亲自撰写了其中的378条条目。由于莱斯利在文艺领域的突出贡献，他被加封为爵士。并且，莱斯利与他同时代的许多英美文化名人都是好友，例如著名小说家萨克雷、哈代、亨利·詹姆斯、乔治·梅瑞狄斯（George Meredith），著名诗人詹姆斯·罗塞尔·洛威尔（James Russell Lowell），著名哲学家赫伯特·斯宾塞（Herbert Spencer）等。其中，洛威尔成为弗吉尼亚的教父，而萨克雷则成为莱斯利的第一任岳父。1867年，莱斯利与萨克雷之女哈里亚特（Harriet）成婚，生下长女劳拉（Laura）。1875年，哈里亚特逝世。1878年，莱斯利续娶茱莉娅，先后生下四个孩子，即凡妮莎（Vanessa）、索比（Thoby）、弗吉尼亚、艾德里安（Adrian）。在这个大家族的八个孩子中，劳拉自幼患精神疾病，斯黛拉和索比英年早逝，其余诸子皆有大成。乔治做过英国财政大臣钱伯伦（Austen Chamberlain）的私人秘书，娶贵女为妻。杰拉德成为著名的出版家，凡妮莎成为著名画家，艾德里安成为著名的精神分析学家，弗吉尼亚则成为著名作家。毫不夸张地说，伍尔夫完全出身自"知识贵族"（intellectual aristocracy）之家。

伍尔夫从小受到良好的教育，为她后来的写作生涯打下重要的根基。出于多种原因，伍尔夫未曾系统地接受正规教育，但这并不妨碍她学业。伍尔夫幼年时期由父母开蒙，母亲茱莉娅教授学习拉丁语、法语、历史，父亲莱斯利教授算术。除此之外，伍尔夫还需学习音乐和舞蹈等当时上流社会女子必须接受的教育。少女时期，史蒂芬夫妇为伍尔夫请了家庭教师克拉拉·佩特（Clara Pater）和珍妮特·凯斯教（Janet Case）授希腊语。前者是英国著名的唯美主义作家沃特·佩特（Walter Pater）之妹，后者是剑桥大学格顿女子学院培养的第一批女子学生之一。莱斯利在家中的顶楼拥有一个藏书十分丰富的图书室，在伍尔夫十五六岁时，莱斯利允许她自由出入。不仅如此，莱斯利还亲自指导伍尔夫的阅读，告诫她要阅读经典作品。正是在这一时期，伍尔夫博览群书，广泛涉猎文、史、哲及艺术类书籍，极大地丰富了她的眼界和知识面以及思想意识。史蒂芬夫妇不仅注重子女的教育，还有意为他们创造良好的文化氛围。1891年，一份名为《海德公园门新闻》的家族周刊创刊，刊登一些家庭新闻和小故事，由伍尔夫主笔，她的写作天赋初露锋芒。这成为伍尔夫写作生涯的开端，是对她的写作的良好训练。由于莱斯利在伍尔夫的教育中扮演了重要角色，并对伍尔夫产生了深刻的影响，伍尔夫虽然在情感上深爱母亲，但却认为父亲的影响更重要。伍尔夫的双亲对她都产生过深刻的影响，对母亲浓烈的爱和对父亲深深的崇敬使得伍尔夫在父母离世时心灵遭受重创，精神崩溃，为她日后自杀埋下祸患。

伍尔夫是英国贵族式的文化精英小圈子——布鲁姆斯伯里集团（Bloomsbury Group）的核心成员之一。伍尔夫同父同母的兄长索比在就读剑桥最著名的学院三一学院时，曾参加一个小型读书会，这个读书会的多

名成员均在后来成为文化名人,如著名传记作家利顿·斯特莱奇(Lytton Strachey)、著名文艺评论家克莱夫·贝尔(Clive Bell),著名剧评家戴斯蒙德·麦卡锡(Desmond MacCarthy),以及伍尔夫后来的丈夫伦纳德·伍尔夫(Leonard Woolf)。索比从剑桥毕业后,将这个读书会继续了下去,每周四晚上与以前的读书会友人聚会。通过索比的引介,伍尔夫和姐姐凡妮莎也加入了这个小圈子,这便是布鲁姆斯伯里集团的雏形。伍尔夫与凡妮莎最初进入这个圈子时,并不被看好,一众才子皆持保留态度。但很快他们就发现,这两个年轻女孩与时下只知社交、一门心思寻找一门好婚事的上流社会女孩大不相同,她们不仅具有深厚的文化积淀,并且还才华横溢、才思敏捷,并不逊色于他们这些大学才子。于是,伍尔夫和姐姐很快融入这个圈子。很快,凡妮莎组织了另一个艺术沙龙,取名"星期五俱乐部"(Friday Club),专门展出和探讨新出的绘画。随着时间的推移,不断有新的成员加入,其中最重要的是著名美术评论、英国现代主义美术的开山鼻祖家罗杰·弗莱(Roger Fry)和现代经济学最具影响力的经济学家之一、被称为"宏观经济学之父"的约翰·梅纳德·凯恩斯(John Maynard Keynes)、后印象派画家邓肯·格兰特(Duncan Grant)。可以说,布鲁姆斯伯里集团汇聚了英国文学、艺术、哲学、史学、政治学等各个领域的最重要的文化精英,他们的思想和论著对整个英国社会乃至西方世界都产生了不可估量的影响。

伍尔夫的婚姻生活为她的写作提供了轻松的创作环境。1912年8月,已是而立之年的伍尔夫与伦纳德·伍尔夫成婚。伦纳德十分欣赏伍尔夫的才华,甚至为她放弃在锡兰(今斯里兰卡)的殖民政府职位。婚后,伦纳德对伍尔夫如父如兄,以最大的包容和理解对待她,鼓励她的文学创作,为她打点一切事务,万事以她为先。伍尔夫的精神疾病数次发作,伦纳德在伍尔夫发病期间对她极尽照料、关怀备至。伍尔夫的侄子、凡妮莎的小儿子昆丁·贝尔(Quentin Bell)称,伍尔夫与伦纳德的婚姻是她一生中"最明智的决定"。1919年,伍尔夫夫妇以700英镑的价格拍得一栋位于苏塞克斯的房子,名为隐士宅院(Monk's House)。对伍尔夫来说,这栋宅院绵延的花园和果树是最吸引她的地方,夫妇二人在以后的岁月里的大部分时间都在这里渡过。在某种程度上,这栋宅院为夫妇二人提供了一种隐居的生活,是他们暂避伦敦喧器的社交生活的福地,也为伍尔夫的身心修养提供了必要的空间。在二人的家中,伍尔夫单独有一间进行文学创作的书房,这在英国维多利亚时期和爱德华时期——这样一个父权社会中是十分罕见的。1917 年,夫妇二人创办了霍加出版社(Hogarth Press),为伍尔夫创作实验性小说提供了便利。霍加出版社不仅出版伍尔夫的小说,还出版了凯瑟琳·曼斯菲尔德(Katherine Mansfield)、T·S·艾略特(T. S. Eliot)、弗洛伊德(Sigmund Freud)、福斯特(E. M. Foster)等作家和学者的作品。1923 年,霍加出版社出版了艾略特的长诗、被称为现代主义宣言的《荒原》。1924 年,霍加出版社又获得授权得以将弗洛伊德的精神分析学论著译成英语出版,这是弗洛伊德著作最早的英语译本。在一定程度上,霍加出版社为现代主义在英国的推广做出了重要的贡献。

尽管伍尔夫在文学事业上一帆风顺,但她的个人生活却是非常痛苦的,长期被精神疾病困扰和折磨,多次尝试自杀。伍尔夫的精神疾病有几个来源。其一是她同父异母的姐姐劳拉的影响。劳拉自幼就表现出与正常儿童不一样的异常行为,后来被送入疗养院,劳拉的疾病使天生心思细腻敏感的伍尔夫从小就对精神疾病产生了阴影。伍尔夫精神疾病的第二个来源是来自两个同母异父的哥哥乔治和杰拉德的性侵。伍尔夫在自传《存在的瞬间》(*Moments of Being*)中详细描述了她幼年遭受两个哥哥性侵的经历:

> 饭厅门外有一块用来放餐具的厚木板。当我还很小的时候,有一次,杰拉德把我放在上面,当我坐上去之后,他开始抚摸我的身体。我记得他的手在我的衣服底下爬行的感觉,越来越往下。我记得,我是多么希望他能停下来;当他的手接近我的私处时,我变得多么僵硬,不停地扭动。但他却没有停下来。他的手抚摸了我的私处。我记得,我憎恶、讨厌极了——该用个什么词来形容这种无声而又复杂的感觉呢?它应该是极

强烈的,因为我到现在还记得它。①

此时的伍尔夫年仅六岁,而杰拉德对她的性侵犯一直持续到她十三岁。伍尔夫另外一个哥哥乔治对她的性侵犯更恶劣、持续时间更长。伍尔夫在《存在的瞬间》里的叙述表明,在莱斯利重病期间,乔治作为家族长子,成为家族的实际统治者,他利用这一权威性地位和便利对伍尔夫和姐姐进行性侵。伍尔夫叙述了自己如何在夜晚被乔治侵犯的经历。"乔治·达克沃斯不仅是可怜的史蒂芬家的姑娘们的父亲和母亲,兄弟和姐妹,还是他们的情人"。②当时正值莱斯利生前最后的时光,伍尔夫一边承受着可能失去父亲的痛苦,一边承受着乔治性侵带来的耻辱。可以想象,伍尔夫当时所承受的心理压力之大。这种痛苦、耻辱和恐惧的阴影伴随伍尔夫一生,以至于她与伦纳德婚后分房而居。并且,这段痛苦的经历也成为伍尔夫女性主义思想的源头之一。伍尔夫精神疾病的第三个源头是亲人离世带来的沉重打击。伍尔夫的亲人在她的生活中都扮演了重要的角色,她对他们都抱有很深的感情,以至于当他们离世时,伍尔夫难以承受失去他们的痛楚。从幼年到青年,伍尔夫先后经历了挚爱的母亲茱莉娅、姐姐斯黛拉、哥哥索比、父亲莱斯利的死亡。在茱莉娅、斯黛拉、莱斯利去世时,伍尔夫都陷入了精神崩溃之中。因此,来自多方面的压力,伍尔夫一生生活在精神疾病的梦魇之中。终于,1941年3月28日,伍尔夫再次陷入精神崩溃的边缘,她给伦纳德留下一封遗书后投河自尽。伍尔夫的遗体直到4月18日才被找到,伦纳德将她火化,将她的骨灰埋入隐士宅院的花园之中。

终其一生,伍尔夫创作了9部长篇小说。与其他高产的作家相比,9部小说在数量上自然算不得多,甚至可以说很少。然而,这9本小说却可以说部部经典。正如伍尔夫本人钟爱鲜花,她的文学作品成为英国文学史上的奇葩。这9部小说分别是《远航》(*The Voyage Out*,1915)、《夜

---

① Woolf, Virginia. *Moments of Being* (2nd Edition). San Diego: HBJ Book, 1985, P. 69.
② Woolf, Virginia. *Moments of Being* (2nd Edition). San Diego: HBJ Book, 1985, P. 177.

与日》(Night and Day, 1919)、《雅各布的房间》(Jacob's Room, 1922)、《达洛卫夫人》(Mrs. Dalloway, 1925)、《到灯塔去》(To the Lighthouse, 1927)、《奥兰多》(Orlando, 1928)、《海浪》(The Waves, 1931)、《岁月》(The Years, 1937)、《幕间》(Between the Acts, 1941)。除了小说，伍尔夫还著有大量散文、短篇故事、文艺评论和日记。据统计，伍尔夫一共写了三百五十多篇文艺评论和随笔。

（二）《达洛卫夫人》概略

《达洛卫夫人》(Mrs. Dalloway, 1925)是弗吉尼亚·伍尔夫的第四部长篇小说，是她意识流技巧的纯熟之作，在英国文学史上占有重要的地位。1997年，《达洛卫夫人》被改编成电影。2005年，《达洛卫夫人》被《时代杂志》评为1923年以来的一百部最佳英语小说之一。

《达洛卫夫人》的原始创作材料分两部分，分别存于现今大英博物馆(the British Museum)和纽约公共图书馆(The New York Public Library)，前者收藏了三卷小说手稿，后者收藏了小说的四卷创作笔记和一个早期章节《首相》("The Prime Minister")的打印稿。这些保存完好的原始创作材料清晰地展现了《达洛卫夫人》这一小说的创作过程以及伍尔夫创作这一小说的心路历程。最初，《达洛卫夫人》的主角克拉丽莎·达洛卫和她的丈夫理查德只是伍尔夫发表于1915年的第一部小说《远航》(The Voyage Out)中的两个颇具喜剧性的扁平人物。七年后，伍尔夫创作了一个短篇，取名《达洛卫夫人在邦德街》("Mrs. Dalloway in Bond Street")，并开始考虑以此为开端创作一部完整的小说。同年10月，伍尔夫已经列出了小说大纲：1.达洛卫夫人在邦德街；2.首相；3.祖先("Ancestors")；4.一段对话("A Dialogue")；5.老妇("The Old Ladies")；6.村屋("Country House")；7.剪花("Cut Flowers")；8.宴会("The Party")。①10月

---

① 转引自Showalter, Elaine. "Introduction", in Mrs. Dalloway. New York: Penguin Books, 2000, P. xxvi.

14日，伍尔夫决定要在这部小说中表现"正常与疯癫"，并且初步考虑由克拉丽莎来表现"正常"，赛普蒂默斯来表现"疯癫"。1924年春天，《达洛卫夫人》的创作接近尾声。1925年，《达洛卫夫人》正式出版。

《达洛卫夫人》这一小说文本讲述了女主人公克拉丽莎·达洛卫在伦敦一天的生活。克拉丽莎出身英国上流社会，自幼在乡村布尔顿的一个庄园长大，身边的好友性格各异。彼得·沃尔什和休·惠特布雷德是克拉丽莎的青梅竹马，萨利·赛顿是克拉丽莎的闺密。彼得出身于一个盎格鲁-印度家庭，家族中至少有三代人都属于英属印度殖民地的管理层。彼得年少时钟爱社会主义，熟读威廉斯·莫里斯的社会主义论著，后来被牛津开除。他一心喜爱克拉丽莎，也与她有过一段感情，可最终还是被克拉丽莎拒绝。之后，彼得走上家族道路，前往印度任职。休是克拉丽莎少女时期的另一位好友，性格保守、势利，长大后娶一贵族女子为妻，成为宫廷内臣。萨利则是一个古灵精怪的女孩儿，性格开朗而极有主见，极富反叛精神。她不满家中父母争吵，便独自离家出走，投奔克拉丽莎家，曾裸身在走廊奔跑。萨利也喜欢读社会主义著作，没有阶级偏见，毫不留情地指责休的市侩和虚荣。萨利还和克拉丽莎有过很短暂的一段同性恋情，萨利有一次在田野中亲吻克拉丽莎，为后者带来了极大的心灵震动以及喜悦。长大后，萨利嫁给一个矿工的儿子，后者白手起家，成为曼彻斯特一家纺织厂的老板。少女时期的克拉丽莎青春美貌，灵动而充满活力，还有改造世界的梦想。可是，她最终还是走上了上流社会淑女的传统之路，选择一门门当户对的婚姻。有一天，理查德·达洛卫来到克拉丽莎家，二人都中意对方，于是成婚，后生育一女，取名伊丽莎白。

小说开始的时间是1923年6月13日，这一天，克拉丽莎要为晚上举办晚宴做准备。此时，克拉丽莎已经是一名年过五旬的上流社会贵妇，丈夫理查德已经是一名保守党议员。婚后的克拉丽莎是一个合格的上流社会家庭主妇，悉心照料丈夫和女儿，举办各种宴会以维持与上层阶级的社交，操持家务，指挥仆人，完全是维多利亚时期上流社会贤妻良母的典范。然而进入老年以后，克拉丽莎身体机能开始下降，对生活的热情开始消退。

并且,她对女儿的家庭女教师基尔曼小姐怀恨在心,因为基尔曼小姐是一个贫穷的、狂热的基督教徒和女同性恋者,克拉丽莎认为她抢走了自己的女儿。克拉丽莎早上出门去买完晚宴所需要的鲜花后回到家中,开始缝补以前萨利送给她的绿裙子。刚坐下没多久,去了印度五年的彼得就来做客了,二人一起回忆了以前在布尔顿的生活,后来克拉丽莎邀请彼得晚上来参加宴会。晚上,克拉丽莎的宴会成功举办,名流云集,衣香鬓影,觥筹交错。对此,克拉丽莎很是满意。

小说也讲述了另一个表面上与达洛卫夫人无关的小职员赛普蒂默斯的故事。一战前,赛普蒂默斯是千千万万个到伦敦来寻找机会的青年之一,他希望通过文化教育改善自己的下层地位。于是在白天工作之余,他晚上还要勤学苦读,他给作家写信并遵照他们的指示进行自学。他结识了一位穿绿裙子的伊莎贝尔小姐,在她的指导下阅读莎士比亚的作品。此时的赛普蒂默斯性格害羞敏感,身体弱不禁风,缺乏男子气概。一战爆发时,赛普蒂默斯自愿入伍。然而,战争的残酷大大超过了他的预想。就在战争结束的前夕,他的挚友埃文斯被炸死,而赛普蒂默斯自己却活了下来,这成为压垮赛普蒂默斯的"最后一个稻草",他患上了炮弹休克症。为了减轻这种心灵痛苦,他退伍后娶了一位意大利姑娘雷西娅,夫妇俩一同回到伦敦。然而,随着时间的推移,赛普蒂默斯的情况不仅没有好转,反而越来越恶劣。他时常看到种种幻象,总想着自杀。面对这种情况,雷西娅虽然万分痛苦,但仍然细心照料丈夫,陪同他到处看医生。小说开始的这一天,也就是克拉丽莎要举办晚宴的这一天,雷西娅陪同赛普蒂默斯前去英国最著名的心理医生威廉爵士的诊所看病。威廉爵士告诉雷西娅,赛普蒂默斯的心理疾病已经非常严重,应该送到乡下的疗养院隔离治疗。雷西娅听完后,十分愤怒,深深感到了一股被抛弃的悲伤,她拒绝了威廉爵士的建议并带着丈夫回家了。回到家中,赛普蒂默斯和雷西娅度过了短暂的一段温馨时光,尔后之前一直替赛普蒂默斯看病的心理医生的到来使他再度陷入精神紧张。最终,赛普蒂默斯跳窗自杀。晚上,威廉爵士参加克拉丽莎的宴会时,带去了赛普蒂默斯自杀的消息,这让克拉丽莎感到她和赛普蒂默斯之间有某种神秘的联系。

值得一提的是，1998年，美国作家迈克尔·坎宁安（Michael Cunningham）根据《达洛卫夫人》创作出小说《时时刻刻》（*The Hours*），获得1999年美国普利策奖和福克纳小说奖。2002年，该小说也被改编成电影，并获得第75届奥斯卡金像奖、第60届美国金球奖、第56届英国电影和电视艺术学院奖、第47届意大利大卫奖最佳外国电影、第53届德国电影奖最佳外国电影等多项重量级国际大奖。《时时刻刻》讲述英美两国三代女性在不同时空的生活，三个时空同时并存，三个女主人公的生活由伍尔夫的《达洛卫夫人》这一文本链接。在《时时刻刻》中，20世纪20年代的伍尔夫正在英国创作《达洛卫夫人》的小说文本，最终投河自尽；20世纪50年代的劳拉是美国加州洛杉矶一名怀着二胎的中产阶级家庭主妇，正在阅读《达洛卫夫人》，试图自杀；21世纪元年的克拉丽莎·沃恩是一名生活在纽约的女同性恋者，她正在为好友、罹患艾滋病的作家理查德准备一个庆祝他获得文学大奖的晚宴，最终亲眼看见理查德跳窗自杀。

二、《达洛卫夫人》的图像叙事特征

伍尔夫自幼在文艺气息浓厚的家庭环境中成长，长大后所交往者也都是在各个人文领域的当世文化名流或如同伍尔夫本人一样即将成长为大师的人物，因而从小就深深受到各个领域的人文熏陶。其中，绘画就是一个重要领域。伍尔夫家族中就有多位长辈与当时的视觉文化渊源深厚，例如，她的母亲茱莉娅与著名文艺评论家罗斯金是熟识，还是维多利亚时期英国最著名的画派——前拉斐尔画派画家的模特，伍尔夫的姨妈茱莉娅·玛格丽特是维多利亚时代著名的女摄影家，而伍尔夫本人也与姐姐凡妮莎一起修习绘画，后者成长为一名画家。伍尔夫所在的布鲁姆斯伯里集团更是汇聚了多位绘画才子，其中，罗杰·弗莱是英国现代主义绘画开山鼻祖，邓肯·格兰特是著名的后印象派画家。伍尔夫曾为弗莱的画展开幕式致辞，她认为弗莱是极少数兼具"推理和悟性""使二者水乳交融、相得益彰的画家,称赞他"有敏锐的感悟力,同时,又具有毫不妥协的真诚"。[①]因此,伍尔夫至少对浪漫主义的前拉斐尔画派和现代主义的后印象派都有深入的接触。伍尔夫对绘画的认知对她的小说、散文创作产生了重要的影响,她的作品往往包含大量的色彩运用,具有一种印象式的特点。在《达洛卫夫人》中,伍尔夫搭建了多层叙事框架,大量运用意识流技巧和语象叙事。因此,《达洛卫夫人》是一部极具图像效果的小说。

(一)多层叙事框架与意识流技巧

在小说形式上,《达洛卫夫人》以其精湛的意识流手法著称,同时使用了多层叙事框架的结构,从而在小说文本内部实现了图像的空间效果。《达洛卫夫人》在叙事结构上采用了多层叙事框架的策略,有多个叙事者。这种多层叙事框架主要由两个层面构成。在一个层面,小说中的人物构成了一类叙事者,叙事主要由他们的意识展开。在另一个层面上,在所有的小说人物叙事背后还有一个隐藏叙事者,他的叙事将各个人物的叙事串联起来,并且提供必要的背景和环境交代。两种叙事者各自承担了不同的叙事功能,各个人物叙事者的叙事由他们的意识中心展开,多使用自由间接引语,表达他们过去和现在、在乡村和城市等不同时空的所思所想和情感体验。人物的意识中心叙事建构了小说的主要情节,而隐藏叙事者的叙事则贯穿整部小说,把断裂的人物自然地用叙事连接起来,使小说具有整体性。

《达洛卫夫人》的多层叙事框架在小说一开篇就体现出来:

达洛卫夫人说她自己去买花。

因为露西已经有活儿干了:要脱下铰链,把门打开;伦珀尔梅厄公司要派人来了。况且,克拉丽莎·达洛卫思忖道:多

---

① 弗吉尼亚·伍尔夫:《伍尔夫随笔全集(第二卷)》,王义国、张军学等译,中国社会科学出版社,2001,第682页。

美好的早晨啊——空气多么清新，仿佛为了让海滩上的孩子享受似的。

多美好！多痛快！就像以前在布尔顿的时候……（伍尔夫，第1页）

在小说开篇的这三个自然段中，隐藏叙事者首先交代了主要人物达洛卫夫人，以及主要事件，即由于仆人露西不得空，达洛卫夫人要自己去买花。尔后，叙事自然转换到克拉丽莎·达洛卫身上，由她的意识中心展开叙事。此后，小说的叙事便由隐藏叙事者和小说人物交替进行。在小说人物叙事这一层面，伍尔夫使用了自由联想、内心独白和抒情旁白、自由间接引语等技巧戏剧化地展现了克拉丽莎和她周围的人物的意识流。各个人物之间的叙事以一种意识中心的方式缓缓铺开，在不同的叙事者之间流转。首先，克拉丽莎的叙事构成了最主要的小说人物叙事。其次，文本中间用大量的篇幅穿插了与克拉丽莎无关的赛普蒂默斯夫妇和他们所接触的人物的意识流。最后，小说另一部分的叙事由彼得、布鲁顿夫人、萨利、理查德、伊丽莎白、基尔曼、埃利等人的内心活动和思想意识构成。其中，克拉丽莎的叙事反映了一个从19世纪后半叶到20世纪初的正统上流社会女性的一生，她灵动的少女时期和美好的乡村生活，老成持重的主妇时期和喧嚣繁华的伦敦都市生活，以及她老年时期内心的不安与女性意识的觉醒。赛普蒂默斯的叙事反映了一个20世纪初的英国底层青年悲剧而短暂的一生，他少年时期对文学的追求，他在第一次世界大战中的幻灭，他人生最后时光的疯癫以及最终的自杀。克拉丽莎与赛普蒂默斯的叙事看似没有关联，实际上却紧密相关，二人形成了一种映照。其他人物的叙事一方面交代了他们自身的人生经历和情感认知，补充了主要情节，另一方面则填补了克拉丽莎叙事的空隙，加强了克拉丽莎的立体的人物形象，使读者可以从多维度观察到克拉丽莎的整体形象。所有小说人物的所思所想同时包括了意识和无意识的层面，对当下的思考和对过去的追忆，以及对自我的反思和对他人的看法。由于人物思维的

第四章 《达洛卫夫人》的空间叙事策略

任意性,人物的意识毫无规律可循,自由地在现在与过去、城市与乡村、战争与和平的不同时空之间来回跳跃。并且,叙事中心不固定,在各个人物之间频繁转换。尤其在克拉丽莎的晚宴上,叙事中心在人流中高速切换,形成一种叙事的"狂欢"效应。与传统的维多利亚小说在情节上显性的因果逻辑相比,《达洛卫夫人》的情节似乎由个体人物意识流所呈现的无数单一而琐细的事件构成。由于文本内部的时间序列被打乱,空间倒错,情节呈现碎片化和无逻辑化的特点。

与《达洛卫夫人》的多层叙事框架紧密关联的是其意识流手法的使用,这也是这部小说在叙事技巧上最为人称道的特点。伍尔夫跳出传统的线性叙事的禁锢,在小说中创造性地使用打破时空序列的意识流,使用文字装饰的小说文本具有了造型艺术的空间效果。一方面,进入20世纪的英国由于资本主义高速发展、工业化大规模推进、科技急速发展、城市快速膨胀、人口大量向城市迁移、第一次世界大战等多方面原因而表现出的碎片化、不稳定的现代主义特征。伍尔夫具有超越她所在的时代的意识,敏锐地观察到时代的变化,以及这种变化给人们带来的生存状态和心理变化,她致力于寻求一种更合适的叙事方式来表达现代生活经验。伍尔夫在她的文学评论《班奈特先生和布朗太太》中指出,"人与人的一切关系——主仆之间、夫妇之间、父子之间——都变了。人的关系一变,宗教、品行、政治、文学也要变"。[①]另一方面,伍尔夫受到了多位哲学家和心理学家关于时空、心理等观念的影响。据相关学者的研究,伍尔夫关于时空的观念受到了法国哲学家伯格森(Henri Bergson)的影响。伯格森提出了著名的"绵延说",他把时间分为两类:一类是"空间时间",即客观流逝、不可逆转的时间;另一类则是"心理时间",是人对时间的体验和认知,即他所谓的"绵延"。伯格森宣称,人以直觉体验到的时间的"绵延"乃是比用钟表等度量的时间更为真实的时间,而这种时

[①] 弗吉尼亚·伍尔夫:《伍尔夫随笔全集(第二卷)》,王义国、张军学等译,中国社会科学出版社,2001,第901页。

间是在记忆中不断累积的。以此,记忆是伯格森的一个重要概念。伍尔夫的作品中存在大量关于记忆的内容,她在自传《存在的瞬间》中多次表达她对记忆的重视,直陈记忆是她人生的根基,她认为人是过去和现在共同作用的产物。《达洛卫夫人》也不例外,其意识流叙事也包含大量的记忆书写。第二,伍尔夫对人的内心世界的关注受到了弗洛伊德的影响。如前文所述,伍尔夫和丈夫伦纳德1917年创办了霍加出版社,该出版社出版了弗洛伊德精神分析学论著最早的英语译本。弗洛伊德的心理学著作《梦的解析》1899年就出版了,他是精神分析学派的创始人,开创了对无意识领域的研究,对众多西方作家都产生了重要的影响。弗洛伊德认为人的心理包括意识和无意识两个领域,无意识又分为前意识和潜意识。弗洛伊德的研究反驳了传统心理学认为的人的心理的有序性,而指出潜藏在人的心底深处的无意识对人的重要影响,从而表明了人的意识活动的无序性和复杂性。在《达洛卫夫人》中,人物的意识没有规律可循,总是由外部事物触发而随意流动的,开始、结束以及转换都是没有预兆的。例如,克拉丽莎在前去花店买花的路上的意识活动完全是由她沿途看到的人与事物主导的。她由要去买花这一事件回忆起少女时期在乡村生活时的鲜花,路上看到伦敦城川流不息的街景就马上联想到这里的城市居民的生活,遇到老朋友休又猜想他妻子的病情并且想起与一众好友共处的幼年时光,走到书店看到陈列在橱窗里的书则反思自己读书的情况以及忧心自己的身体机能每况愈下。第三,伍尔夫对意识流技巧的使用受到了亨利·詹姆斯的影响。亨利·詹姆斯是著名心理学家威廉·詹姆斯的弟弟,也是美国心理现实主义小说的创始人、理论家,被认为是现实主义和现代主义的桥梁。詹姆斯是伍尔夫的父亲莱斯利的好友,后来也成为布鲁姆斯伯里集团的常客。因此,伍尔夫有很多机会接触到他和他的作品。在小说创作技巧上,詹姆斯摒弃了传统的全知全能的叙事,而提倡使用限定性视角,使得读者不再完全成为被动的接受者而转变为小说文本意义的建构的参与者,从而为小说提供更丰富的意蕴和更大的阐释空间。詹姆斯提出了"意识中心"的概念,即小说的情节透过某一人物的意识过滤,叙事通过某一个小说人物的视角展开。这一视角的使用使读者不再像传统读者那样可以随着全知全能叙事者或作者的视角,看到事件的全貌,而只能透过特定人物的意识"棱镜"看到部分事件,并且还要考虑到该叙事者是否可靠的问题。在伍尔夫的小说中,叙事沿着人物意识展开的技巧已经不再局限于单一人物的意识中心,而是在多个人物之间随机流动。如在《达洛卫夫人》中,几乎所有的人物都有各自的意识叙事。

意识流手法的大量运用使《达洛卫夫人》在形式和内容上都极具空间效果。在小说形式上,叙事在各个人物之间自由展开,具有一种拼贴画的效果。预叙和闪回的使用则打破了传统小说线性叙事的规则链条,从前往后的线性时间序列被打破,时间被随意压缩、拉伸和扭曲变形。因此,《达洛卫夫人》的叙事在结构上就具有一种空间效果。在内容上,人物的思想、情感、认知等内在的主观状态和运动自由流动。这样,《达洛卫夫人》的一个重要主题就是对人复杂的心理空间的探索。在《达洛卫夫人》中,单个人物的意识总是随着外部景象的改变而转换。如此,每个人物的大脑就像是一个图库,随着空间的改变呈现出不同的图片。并且,不同的物理空间承载着人物不同的意识活动。比如,克拉丽莎在伦敦大街上的意识活动节奏明快,主要是与城市的喧嚣繁华相关;而她回到家后的意识活动则变得节奏缓慢,主要是关于她个人生活的反思和回忆。因此,《达洛卫夫人》这一意识流小说的一个重要的特点就是,意识具有空间性——不仅是物理空间,还有心理空间;同时,空间也具有意识的主观性。在想象、联想、内心独白、回忆、心理感悟、直觉等意识活动中,记忆在《达洛卫夫人》中占有最重要的地位。

在《达洛卫夫人》中,记忆是一种心理图像,储存于记忆图库。当克拉丽莎在买花路上遇到幼时好友休而回忆起在布尔顿的幼年生活时,"她的眼前浮现出布尔顿的一幕幕情景"(伍尔夫,第4页)。当她在回忆起一战造成的创伤时,反问自己:"是什么乡村拂晓的景象在她心中闪现"(伍尔夫,第7页)。这里,"一幕幕情景"和"景象"两个词组都表明,在克拉丽莎的头脑中,记忆是以图像的形式储存的。除此之外,小说中还有大量关于记忆的图像效果的书写。布鲁顿夫人在与休和理查德聚会后，"回忆起德文郡老家附近的田野，童年时常和兄弟莫蒂默与汤姆结伴儿，骑着她的小马帕蒂，越过溪涧。还想起那些狗、那些耗子；还有她的父母，在草坪上树荫里憩息，面前放着茶具；还有那些花坛，载着大丽花、蜀葵与蒲苇"（伍尔夫，第107页）。显然，布鲁顿夫人这一段富有田园牧歌色彩的回忆由小马、狗、耗子、树荫、小溪、茶具、花坛以及各色花卉等一连串意象构成，宛如一幅风景图画。彼得在旅馆中想起自己少年时期与克拉丽莎分别的场景时，"仅仅在记忆中想起他在一九二二年八月里的模样，于暮色中伫立在十字路口；当时她乘着马车离去，紧靠着后面的座位，伸出手臂，眼看他的身影越来越模糊，缩小，变得遥远，以至消逝"（伍尔夫，第152页）。彼得的这段印象式回忆极具蒙太奇特征，仿佛有一个电影镜头随着在随着克拉丽莎的马车的远去而缓缓推动。值得注意的是，彼得对这段记忆的叙述是以第三人称进行的，他的口吻好似一个旁观者在描述一个事不关己的场面。因此，不仅这段记忆具有图像效果，对这段记忆的陈述本身也是极富视觉特征的。

（二）语象叙事

伍尔夫自幼深受造型艺术的熏陶，她具有一种图像式的思维模式，这对她的文学创作产生了极大的影响。在小说创作中，伍尔夫作品的图像特征和空间效果除了表现在多层叙事框架结构和意识流技巧的使用外，也大量使用了语象叙事，使小说具有一种诗画交融的艺术效果。在《达洛卫夫人》中主要存在三种类型的语象叙事，即对场景、人物和艺术品的文字再现。这些语象叙事一方面有助于推动情节的发展，另一方面起着强化主题的重要作用。

1. 场景的语象叙事

《达洛卫夫人》中对场景的语象叙事首先表现在对伦敦城市中的街景的描写中。克拉丽莎所要购买鲜花的花店位于伦敦邦德街，她在前往花店买花和买鲜花回家的途中对邦德街的街景做了前后两次描述。在去买花的路上，克拉丽莎看到的清晨的邦德街的景象，为之着迷。"旺季中的邦德街清晨吸引着她：街上旗帜飘扬，两旁商店林立，毫无俗气的炫耀。一匹苏格兰花呢陈列在一家店铺里，她父亲在那里买衣服长达五十年之久；珠宝店里几颗珍珠；鱼店里一条冰块上的鲑鱼"（伍尔夫，第8页）。这一段语象叙事主要刻画了邦德街的商店的情况，展示了商店的商品而不涉及人的活动，贴切地再现了清晨的邦德街的宁静。同时，对克拉丽莎的父亲在一家服装店买衣服长达五十年之久的描述，不动声色地反映出英国传统贵族的习俗，从而与新兴资产阶级的快餐式消费形成对比。买完花之后，时间已经进入上午，此时的邦德街开始繁忙起来。"虽然时间还很早，街上已经拥挤不堪……街上挤得水泄不通。英国的中产阶级绅士淑女坐在敞篷汽车顶层的两边，携带着提包与阳伞，甚至有人在这么暖和的日子还穿着皮大衣呢"（伍尔夫，第14页）。这一段语象叙事同样是描写邦德街，但刻画的重点却由前一段的物转移到了人以及人的活动，再现了邦德街上午一片繁荣的景象。这两段语象叙事虽然都是对邦德街街景的描述，但却经历了由静态到动态的变化，在充分反映邦德街不同时段的景象的同时，也暗示了时光的流逝。

除了对街景的语象叙事，《达洛卫夫人》中的还有一类显著的语象叙事，那就是对现代生活场景的再现，尤其是对飞机这一现代文明象征的刻画。克拉丽莎在花店正沉浸于芬芳美丽的各色鲜花时，忽然被一声巨大的汽车回火的声音所惊吓，由此，叙事由克拉丽莎的意识转向隐藏叙事者对该汽车及其所乘坐之人的叙述。汽车的行驶路线将读者的目光带到了摄政公园，这里人们正在兴奋地观看和讨论天空中飞机飞行的场景：

> 飞机就在树木上空飞翔，后面冒出白烟，袅袅回旋，竟然在描出什么字！在空中写字……飞机猛地俯冲，随即直上云霄，在高空翻了个身，迅疾飞行，时而下降，时而上升，但无论怎么飞，往哪儿飞，它的后面总曳着一团白色浓烟，在空中盘旋，组成一个个字母。不过，那是些什么字母呢？写的是A和C，

还是先写个E，再写个L呢？这些字母在空中只显示片刻，瞬息之间变形、融化，消逝在茫茫天穹之中。飞机急速飞开，又在另一片太空中描出一个K，一个E，兴许是Y吧？（伍尔夫，第18页）

这一段语象叙事首先展现了飞机飞行的动作和路线，表明这不是一般的客机飞行。紧接着，隐藏叙事者又指出，飞机用机尾的白烟在空中写字，还直接用字母描绘出飞机所写的字的形状，这一手法本身就非常具有视觉的直观性。由于白烟很快就消失了，观看的群众纷纷猜测飞机所写的字所组成的单词。有的人认为是"Blaxo"，有的人认为是"Kreemo"，还有人认为是"toffee"。这三个单词，一个表示一种香皂的商标名，一个表示一种乳脂商品的商标名，一种表示太妃糖。虽然众人各持己见，但这三个词都各自代表了一种商品。因此，飞机的飞行是在为某个产品做广告。飞机在1903年才被发明，是20世纪初最重要的科技发明之一，也是现代文明的一个重要象征。无疑，这段语象叙事生动地体现了20世纪20年代英国现代文明的景观与人的现代生活经验。并且，飞机在这里被作为一种广告传播的工具，是对现代生活的另一大普遍经验——消费的展示。从飞机做广告在人群中引起的骚动和议论来看，消费社会的眼球经济特征在20世纪初已经出现端倪。除了对邦德街的街景和摄政公园上空飞机做广告的景象的视觉再现，《达洛卫夫人》还对克拉丽莎买花的花店、威斯敏斯特、摄政公园、百货公司以及记忆中的乡村图景进行了逼真再现，强化了这一小说的图像效果。

2. 人物的语象叙事

《达洛卫夫人》中还存在大量关于人物的语象叙事，这些语象叙事多使用和视觉感官相关的词汇对人物的外表进行一种直观的视觉再现。在小说的前半部分，克拉丽莎的出场主要是对她的意识活动的展现，而没有对她进行细致的外表再现，使读者的关注点首先集中在她的内在。到了小说

的最后,当克拉丽莎的记忆、联想、感悟、反思等内心活动已经展示了她的一生后,隐藏叙事者向读者展现了她的外貌:

> 当下,克拉丽莎在室内走动,步态轻盈,容光焕发,灰白的头发使她显得庄重。她戴着耳环,穿一袭银白黛绿交织的、美人鱼式的礼服。她好似在波浪之上徜徉,梳着鞭子,依然有一股天然的魅力;活着,生存着,行走着,囊括一切……然而岁月已经在她身上拂过了,恰如在清澈宁谧的薄暮时分,在波平似镜的海面上,美人鱼瞥见了夕阳。(伍尔夫,第18页)

这里,隐藏叙事者用了"灰白""银白""黛绿"等表示色彩的词汇,生动地展现了当下已是老年妇女的克拉丽莎。同时,她的打扮和举手投足的姿态则折射出她上流社会雍容华贵的生活。另外,此处克拉丽莎被形容为美人鱼暗示了她的疯癫。在《哈姆雷特》中,莎士比亚将因神志不清而落水溺亡的奥菲莉娅形容为美人鱼。克拉丽莎虽然在外表上是一名优雅的上流社会贵妇,实则已经和疯癫有了联系,这也印证了她和疯了的赛普蒂默斯之间的对应关系。

除了对克拉丽莎的语象叙事,《达洛卫夫人》中还对克拉丽莎的女儿伊丽莎白做了详尽的视觉再现,这也和克拉丽莎形成映照。在克拉丽莎看来,伊丽莎白"头发乌黑,苍白的脸上一双中国式的眼睛;东方人神秘的风韵;温柔、体贴、娴静。她小时候嬉笑谑浪,现在十七岁了,却变得异常庄重……宛如绿叶遮蔽的一棵风信子,只生出淡淡的萌芽,阳光照不到嘛"(伍尔夫,第119页)。当伊丽莎白在百货公司摆脱了家教基尔曼小姐而登上公共汽车后,隐藏叙事者指出,"随着汽车的每一个动作,她那漂亮的身子自如地摆动,宛如一名骑手,或船头雕像;她穿幼鹿色外衣,微风吹得衣衫有些飘忽,头发稍稍披拂,炎热使她的脸色苍白,好似白漆木;她那秀美的眸子,由于没有注视的对象,便向前凝视,茫然而明亮,仿佛一尊塑像'"(伍尔夫,第131页)。这两段语象叙事使用了"乌黑""苍

白""绿""幼鹿色"等数个表示颜色的词汇,形象地展示出了年方十七的伊丽莎白的外貌特征。太阳在这一小说中是男性的象征,克拉丽莎反复告慰自己"不要怕骄阳似火"就是她对自己被男性权威压制所产生的反抗意识,这也是她可能存在的疯癫的缘由之一。克拉丽莎将伊丽莎白比作一棵尚未被阳光照射的风信子,指的就是她尚未嫁人而未被男性染指的少女身份。可以看出,克拉丽莎对女儿的描述不是随意的,而是出于她对自身生存状态的思考。隐藏叙事者对伊丽莎白的描述则侧重她的青春活力,她随公交车而自由摆动身体则暗示出她对基尔曼所代表的压抑、沉闷、狂热的宗教氛围的逃离。这两段语象叙事都有一个共同点,就是点明伊丽莎白的少女身份,强调她如花的青春年华,这和进入老年而身体机能下降的克拉丽莎形成对比,更加突出以克拉丽莎为代表的老年妇女对青春已逝、美人迟暮的失落,强化了小说的青春主题。

3. 雕像与绘画的语象叙事

在《达洛卫夫人》中还存在着另一类语象叙事,那就是对艺术品的再现,主要集中在对雕像和图画的文字再现。其中,对雕像的语象叙事主要集中在对维多利亚女王的雕像和对英国历史上的武将的雕像的文字再现。在白金汉宫前的维多利亚女王的雕像"威严地站在高处;百姓们赞美女王宝座下架子上的流水和装饰的天竺葵"(伍尔夫,第17页)。彼得从克拉丽莎的家出来后在街上漫游,他来到白金汉宫前看到的维多利亚女王雕像是"一座白色的雕像,波纹似的白石塑造出慈母般的体态"(伍尔夫,第113页)。这两段语象叙事虽然都是对维多利亚女王雕像的描述,但却是相互矛盾的。隐藏叙事者看到的维多利亚女王雕像是"威严的",而它在彼得眼中却是"慈母般的"。显然,这两种表述指出了维多利亚女王对内和对外的两种形象。对内,她是大英帝国的统治者,象征着统治权威,因此在百姓看来她是威严的。同时,百姓对她的赞美也反映出英国国民普遍对皇室持忠诚之心。对外,维多利亚女王在位时期是英国殖民扩张的高峰时期。在英属海外殖民地,维多利亚作为宗主国的统治者被建构为慈母的形象，殖民地与英国的关系也被建构为子女与母亲的关系。在这一帝国主义逻辑下，如顽皮、任性的子女需要母亲的规训、引导和爱，"落后""野蛮""未开化"的殖民地也需要英国这位"慈母"的引导和教化。并且，母亲和子女的二元关系本身就是一种等级秩序的关系，潜移默化地表明英国与殖民地之间是一种优越与卑下的等级关系。实际上，这一话语体系建构出殖民地与英国的血缘关系，意图掩盖殖民的本质，并且将英国与殖民地的等级关系合法化。因此，伍尔夫虽然没有在《达洛卫夫人》这一小说文本中直陈英国的殖民扩张，却通过对维多利亚女王雕像的语象叙事暗示了这一事实。

除了对雕像这一造型艺术的语象叙事，《达洛卫夫人》对艺术品的语象叙事还包括对图画的文字再现。例如，赛普蒂默斯在自杀前曾和妻子一起观看自己曾经在疯癫时让妻子画下的图案：

> 形形色色的构图与图案、侏儒般的男人与女人，挥舞着小棒，算是武器，背上长着羽翼（像翼子吗？）；还有先令和六便士钱币，四周描着圆圈，象征着太阳和星星；弯弯曲曲的线条，画的是悬崖，一群登山者用粗绳捆住，在攀上去，宛如一串刀叉；海里的精灵从波浪似的曲线中探出小脸蛋儿，嬉笑着；还有世界地图。（伍尔夫，第142页）

这一段对露西亚在赛普蒂默斯的授意下画出的画稿的语象叙事形象地再现了画稿中的图案。挥舞着武器的男女象征着整个人类进入战争的状态，太阳和星星象征白天与夜晚，登山者象征对殖民地的探索。显然这幅画稿描绘的是赛普蒂默斯对一战的场景的图画再现，表明了一战对他造成的深刻的心灵创伤。因此，这段语象叙事强化了小说的反战主题，传达出伍尔夫的反战思想。

三、鲜花——《达洛卫夫人》的空间表征

伍尔夫的作品有一个引人注意的现象,那就是对鲜花的大量描写,她的大部分小说中都充满了形形色色的花卉植物。据学者斯巴克斯(Elisa Kay Sparks)统计,《雅各布的房间》中有 35 种花卉,《奥兰多》中有 25 种花卉,《海浪》中有 20 种花卉,《岁月》中有 22 种花卉。从伍尔夫作品中庞大数量的花卉植物可以看出,花卉植物对伍尔夫具有重要的意义。伍尔夫对花卉的热爱也非空穴来风,而是有其根源。鲜花在伍尔夫的小说中是一种重要的文化符号,在她各部小说中都有不同程度的体现,这与伍尔夫生活的时代背景、成长环境以及个人生活体验有很大关系。

(一)伍尔夫与鲜花之缘

伍尔夫生于 1882 年,卒于 1941 年,其一生经历了英国花卉文化空前流行的时期,这对她的小说创作产生了深刻的影响。首先,伍尔夫所处的时代正是欧洲植物大发现的时代。19 世纪是欧洲温室技术取得巨大进步的时代。1724 年,英国风景园林师史蒂芬·斯韦茨(Stephen Switzer)设计了一种斜面玻璃屋顶的温室。大约一个世纪以后,英国植物学家乔治·罗迪斯(George Loddiges)在温室铺设铸铁管道,将蒸汽引入温室,大大推进了温室技术的发展。进入 19 世纪二三十年代,热水循环技术被引入温室,从而避免了使用蒸汽取暖可能导致锅炉爆炸的危险,提高了温室技术的安全性,促进了温室的推广。在同一时期,英国的拿撒尼尔·巴格肖·沃德(Nathaniel Bagshow Ward)发明了一种可以长途运输种子和植物的玻璃密封箱,称"沃德箱"。沃德箱的发明使英国以外的植物被引进英国成为可能,大大丰富了英国植物的种类。19 世纪 60 年代到 80 年代是温室建设的高峰期,欧洲各国纷纷兴建"冬季花园"。1865 年,英国的第一座公共冬季花园诞生。随后,欧洲上流社会兴建私人冬季花园的做法开始流行,豪贵人家纷纷在家宅内部建造温室。例如,在《达洛卫夫人》中,萨利家里就有一个巨大的温室。对植物的温室培育使植物超脱四季轮转的自然规律,

大大促进了鲜花成为观赏性植物的进程。

其次,19世纪中后期,伴随温室技术的成熟与园艺产业的空前发展,英国首次迎来了鲜花文化真正意义上的繁荣。正是在这一时期,花卉在英国经历了系统性的符号化历程。在此之前,日常生活中的花卉主要是一种功能性植物,或因其芳香而置于室内,或因其药用价值而做药材和食物。因此维多利亚时期之前的英国,除了少数品种的花卉,大部分花卉仍然属于不携带意义的功能性自然物。而在维多利亚中后期,花卉开始被大规模、系统性地符号化,人们开始为花卉建立一套完善的符号话语体系。关于鲜花含义的词典和使用指南层出不穷,这些出版物赋予不同品种、颜色、数目的花卉以特定意义,鲜花逐渐流行于人际交往、室内装饰以及服装搭配等方方面面。1887和1879年于英国出版的《花语》(*The Language of Flowers or Flora Symbolica*,by John Ingram)和《花卉志:花的历史、传说、诗歌与象征》(*Flower Lore*:*The Teachings of Flowers*,*Historical*,*Legendary*,*Poetical and Symbolical*,by Miss Carruthers)不仅为上百种花卉标注意义,挖掘其历史文化根源,还突出了赠送恰当的花卉以有效传递信息的法则。这两本书一经出版便风靡欧美,成为鲜花使用的指导性书目,为花卉从自然物到符号载体的符号化过程做出重大贡献。生活在这一时代背景下的作家也都受到了明显的影响,比如乔伊斯在《尤利西斯》中大量运用鲜花元素,艾略特在《四个四重奏》中以玫瑰架构了诗歌的结构。伍尔夫也不例外,她"使用鲜花的方式常常清楚地对照于这些象征传统,其中许多传统到今天仍然还在普遍沿用"。[①] 在《达洛卫夫人》中,许多花卉的符号意义仍然体现在这个话语体系之中,如百合象征纯洁,与之相联系的都是保有童贞的女性;风信子象征青春,少女伊丽莎白和梅西都被形容为风信子;红玫瑰表示热烈地爱意,理查德送给克拉丽莎一束红玫瑰以

---

① Sparks, Elisa Kay. "'Everything Tended to Set Itself in a Garden': Virginia Woolf's Literary and Quotidian Flowers". in *Virginia Woolf and the Natural World*, Ed. Kristin Czarnecki and Carrie Rohman. Clemson: Clemson University Press, 2011, P.45.

表无法宣之于口的爱；康乃馨象征美和骄傲，休以康乃馨做礼物暗中奉承布鲁顿夫人。

  第三，伍尔夫对鲜花的钟情与其成长环境密不可分。伍尔夫关于花卉的知识首先来自其父莱斯利·史蒂芬。1892年6月，史蒂芬家的家庭刊物《海德公园门新闻》的报道称"史蒂芬先生是位小型的植物学家，如今他正在努力教会他的子女们（记住）生长在圣艾夫斯附近的植物的名称"。① 也就是说，伍尔夫至少在十岁左右就已经开始接触到植物学的知识了。成年以后，伍尔夫也一直与当时英国最著名的园艺家保持密切交往，其中尤以威廉·罗宾逊（William Robinson）和格特鲁德·杰基尔（Gertrude Jekyll）为甚，二者是推崇自然风格的英式风景园林最有影响力的倡导人。罗宾逊所著《英国花园》（*The English Flower Garden*）被称为"对维多利亚时期英国工业化和城市化快速进程做出的恰当的、怀旧的回应"。② 伍尔夫于1905年1月28日的日记中记载了与罗宾逊的首次会面，称其为"一个有趣的人"。③ 除了罗宾逊之外，园艺大师格特鲁德·杰基尔也对伍尔夫的写作产生了深刻的影响。杰基尔是英国当时最负盛名的女性园艺家，深受工艺美术运动（The Arts and Crafts Movement）代表人物罗斯金（John Ruskin）和莫里斯（William Morris）的影响，其花园设计色彩理论至今影响着西方园林设计师，2017年谷歌浏览器主页以多彩的花境拼图纪念她174周岁诞辰。杰基尔提倡在花境设计中注重色彩搭配，利用冷暖色调的差异呈现出花卉艳丽多彩的效果。在1907年的一封信件中，伍尔夫打趣一位园艺师密友狄金森（Violet Dickinson）对格特鲁德·杰基尔的痴迷，

---

  ① Lowe, Gill. Ed. *Hyde Park Gate News: The Stephen Family Newspaper*. London: Hesperus Press, 2005, P. 84.
  ② Nevins, Deboran. "Introduction to the 1984 Edition". in *The English Flower Garden* (15th Edition). William Robinson. New York: The Amaryllis Press, 1984, P. xiv.
  ③ Woolf, Virginia. *A Passionate Apprentice: The Early Journals 1897–1909*. Ed. Mitchell A. Leaska. New York: Harcourt, 1990, P. 231.

戏称"她(狄金森)的杰基尔,她的新宠,她萌芽的树"。① 因此,伍尔夫至少在 1907 年就已经对杰基尔有所耳闻,"杰基尔后来也为伍尔夫的朋友所熟知"。② 杰基尔关于鲜花搭配的色彩理论对伍尔夫的写作产生了明显的影响,这可以从伍尔夫描写鲜花时对色彩的侧重看出。在《达洛卫夫人》中,克拉丽莎来到花店看到以下的场景:

> 红色的香石竹浓郁端庄,花朵挺秀;紫罗兰色、白色和淡色的香豌豆花簇拥在几只碗中——仿佛已是薄暮,穿薄纱衣的少女在美妙的夏日过后,来到户外,采撷香豌豆和玫瑰,天色几乎一片湛蓝,四处盛开着翠雀、香石竹和百合花;正是傍晚六七点钟,在那一刻,每一种花朵——玫瑰、香石竹、三尾鸢、紫丁香——都闪耀着:白色、紫色、红色和深橙交织在一起;每一种花似乎各自在朦胧的花床中柔和地、纯洁地燃烧……(伍尔夫,第 11 页)

这一段描绘鲜花的语象叙事有效运用了多种颜色的对比和搭配,形象地展现了一个色彩绚丽的鲜花世界。而克拉丽莎对眼前景象的陶醉,也表明鲜花是这一人物形象的主要标志,为后文克拉丽莎一生为鲜花所牵引埋下伏笔。

第四,花卉对伍尔夫有重要的启示意义。伍尔夫自幼生活在鲜花环绕的环境中,她自幼就对鲜花有独特的感悟。伍尔夫在回忆录《存在的瞬间》(*Moments of Being*)中多次提到两段"最初的记忆",她自认为这两段记忆是她"人生的根基",而这两段记忆都与鲜花密切相关。一段是关于伍尔夫母亲的回忆:"黑色的背景上绽放着红色紫色的小花——这是母亲的

---

① Woolf, Virginia. *The Letters of Virginia Woolf*, vol.1, Ed. Nigel Nicolson and Joanne Trautmann, New York: Harcourt, 1975, P. 291.

② Sparks, Elisa Kay. "'Everything Tended to Set Itself in a Garden': Virginia Woolf's Literary and Quotidian Flowers". in *Virginia Woolf and the Natural World*, Ed. Kristin Czarnecki and Carrie Rohman. Clemson: Clemson University Press, 2011, P. 44.

连衣裙……我能近距离地观赏她身上这些小碎花"。① 另一段是对位于圣艾夫斯的乡间别墅的育婴室的回忆:"阳台上爬着西番莲花,西番莲开的时候繁星点点,花瓣上配有紫色条纹"。② 这段记忆如此强烈,以至于伍尔夫成年后每次回忆起来都会"不顾一切地停下手边的工作,一路走到山顶,俯瞰美丽的花园"。③ 另外,花卉植物的花、叶以及长在土壤里的根系在伍尔夫看来具有一种浑然一体的美。有一天,幼年的伍尔夫在圣艾夫斯的花园见到一株开花的植物,内心受到震动。"我当时正站在前门观赏花坛里的花,'浑然一体的美啊',我感叹道。当时我看到花坛里一株植物正舒展着嫩绿的叶子,突然感觉一切都豁然开朗,花朵本身就是世界的一部分;一圈黄土围住的才是花:既是花朵,又是世界"。④ 从这一天起,伍尔夫感到世界不一样了。"当我对着那株花卉说出'这就是浑然一体的美啊'时,我感到我进行了一次发现。我感到我把什么东西抛之脑后了,而我原本应该回归、颠覆和探索那些东西。这是一种深刻的不同,我的内心受到了震动"。⑤ 可以看出,伍尔夫从土生花卉中看到了一种整体性的哲理,对她的人生和写作都产生了重要的影响。

(二)《达洛卫夫人》中的鲜花叙事

在伍尔夫所有小说中,《达洛卫夫人》被认为是花卉元素最多的小说。伍尔夫作为意识流小说的奠基人之一、现代派小说家的代表人物而备受关注。至今,关于伍尔夫的研究成果可谓汗牛充栋。长期以来,学界对《达洛卫夫人》的研究集中在其意识流写作技巧与女性主义思想上,而对意象关注较少。在有限的对这一小说文本的意象研究之中,国内外学者主要将目光放在大本钟和海水的意象上,而鲜花则被忽略。事实上,在《达洛卫

---

① 弗吉尼亚·伍尔夫:《存在的瞬间》,刘春芳、倪爱霞译,花城出版社,2016,第72页。
② 弗吉尼亚·伍尔夫:《存在的瞬间》,刘春芳、倪爱霞译,花城出版社,2016,第74页。
③ 弗吉尼亚·伍尔夫:《存在的瞬间》,刘春芳、倪爱霞译,花城出版社,2016,第76页。
④ 弗吉尼亚·伍尔夫:《存在的瞬间》,刘春芳、倪爱霞译,花城出版社,2016,第83页。
⑤ Woolf, Virginia. *Moments of Being* (2nd Edition). San Diego: HBJ Book, 1985, P. 71.

夫人》中，鲜花的重要性并不亚于大本钟和海水。当代学者托马斯·福斯特（Thomas Foster）在其专著《如何阅读一本小说》（*How to Read Novels Like a Professor*）中指出，这本小说"也可以直接起名《鲜花》"。① 据笔者统计，在2000年企鹅图书公司（Penguin Books）出版的《达洛卫夫人》之英文版本中，明确提及的花卉品种包括玫瑰、康乃馨、天竺葵、百合、兰花、风信子、大丽花、绣球花、丁香花、蜀葵、杜鹃、香豌豆、香石竹、三尾鸢、翠雀、雏菊、石南等二十四种，涉及的有关鲜花的词汇，包括作为鲜花类属的单词"flower（s）""petal（s）""blossom（s）"以及各类花卉名称的词汇达一百八十余处。这些品种繁多、色彩缤纷的鲜花在《达洛卫夫人》中既不是纯粹的自然植物，也并非故事情节的简单背景，而是携带复杂意义的文化符号，与作者隐含的叙事和人物意识中心的自由间接引语一道参与文本内部意义的建构。"符号是'符号载体'的感知与其携带着的意义之间的关系"。② 在《达洛卫夫人》中，伍尔夫对不同鲜花的符号意义的深度运用最主要地表现在使鲜花成为一种重要的空间叙事策略，鲜花成为一种空间的表征。

《达洛卫夫人》中的鲜花叙事尤为明显，被称为"伍尔夫所有小说中描写鲜花最多的小说"，鲜花对小说叙事具有极其重要的意义。③ 在这部小说的创作中，鲜花对文本的意义建构经历了从无足轻重到至关重要的过程，使文本超脱了个体感悟而具有了更复杂的文内和文外意义。鲜花的重要性在《达洛卫夫人》创作过程中经历了从微不足道到至关重要的转变。据莱瑟姆（Jacqueline Latham）和霍夫曼（Charles G. Hoffmann）两位学者考证，现存于大英博物馆和纽约公共图书馆的《达洛卫夫人》手稿和写作笔记表明，伍尔夫于1922年10月6日开始这一小说的创作。最初，伍尔夫只写了一篇

---

① 托马斯·福斯特：《如何阅读一本小说》，梁笑译，南海出版社，2015，第120页。
② 赵毅衡：《符号学原理与推演》，南京大学出版社，2011，第26页。
③ Sparks, Elisa Kay. "'Everything Tended to Set Itself in a Garden': Virginia Woolf's Literary and Quotidian Flowers". in *Virginia Woolf and the Natural World*, Ed. Kristin Czarnecki and Carrie Rohman. Clemson: Clemson University Press, 2011, P. 49.

名为《达洛卫夫人在邦德街》的短篇小说,尔后又写了一篇名为《首相》的短篇小说。后来,伍尔夫将两个短篇小说合起来作为长篇小说《达洛卫夫人》的前两章。在这一长篇小说的开头,作者便指出"达洛卫夫人说她自己去买花"(伍尔夫,第1页)。而在最初的版本的开篇,克拉丽莎出门要买的却是手套,并且通篇只出现了两个并不具有特定意义的鲜花词汇——"鲜花"和"兰花"。在《达洛卫夫人在邦德街》中,伍尔夫详细地列出了克拉丽莎为了举办晚宴要订购的物品:椅子、冰、鲜花和衣帽间票据等。换言之,在最初的版本中,鲜花只是克拉丽莎需要购买的物品之一,并不具有任何特殊性。而在长篇小说中,克拉丽莎要为举办晚宴准备的物品只有鲜花,并且情节始终围绕鲜花展开,小说的主要人物都与鲜花有直接或间接的关系,小说主题也是通过鲜花得以体现,鲜花的重要性一目了然。可以说,在长篇小说《达洛卫夫人》中,正是围绕鲜花,整个叙事才得以铺陈。

《达洛卫夫人》作为意识流小说的先锋之作,以其实验性著称。它强调叙事美学,其叙事技巧的复杂性为读者带来了不小的挑战。在叙事时间和空间层面,小说关注人物的内心,涉及人物的意识和无意识,打破传统的叙事时间和空间,情节逻辑由心理时间串联,并在多层心理空间之间任意穿梭。在叙事视角层面,小说跳脱全知视角和半限制性全知视角的藩篱,采用戏剧化的方式呈现人物的内心活动,并且在多个人物的视角之间自由转换。闪回、蒙太奇、特写和快切等电影手法的使用和随意切换,人物意识的跳跃性、无序性与片段化,以及叙事视角的频繁转换,使小说情节难以把握。传统的研究认为,大本钟的钟声在现实中的回响可以区分心理时间和现实时间,大本钟因此承担了厘清小说情节的功能。"大本钟充当了建构叙事的一种时间性的坐标",这一观点在以往的研究中非常有代表性。[①]但是值得注意的是,《达洛卫夫人》这一小说文本中的时间并不只包含同一空间维度的心理时间与现实时间,还包括不同维度的空间——当下与过

---

① Showalter, Elaine. "Introduction", in *Mrs. Dalloway*. New York: Penguin Books, 2000, P. xxx.

去或城市与乡村中的时间。只存在于当下的、伦敦城中的大本钟的钟声并不能有效解释过去的、乡村的时间，因而不足以完全厘清小说的情节。以笔者之见，小说的情节由贯穿全书的鲜花意象统筹。

E·M·福斯特认为，大部分小说都存在一种"图式"（pattern）。图式是小说的美学面，它主要来自情节又伴随着情节。图式与小说中变幻不定的气氛密切相关，但是又能"使我们把小说看作一个整体"。①在福斯特看来，小说主要有两种图式——钟漏型图式（shape of an hour-glass）与长链型图式（shape of a grand chain）。其中，长链型图式小说是这样一种小说："全书出现的分散事件都由一条线索串起来"。②《达洛卫夫人》就是这样一部由鲜花的意象构成的长链型小说。《达洛卫夫人》描写了克拉丽莎·达洛卫于1923年6月13日的生活，这一天不仅反映了她作为个体的一生的生活，同时也反映了英国长达半个世纪的历史。小说以与鲜花相关的事件展开，"达洛卫夫人说她自己去买花"（伍尔夫，第1页）。此时的克拉丽莎是一名年过五旬的英国上流社会贵妇，她由于要在晚上举办宴会而需要采购鲜花以做装饰，小说此时以她的意识为叙事中心。买花这一事件触发了她对于少女时期在布尔顿——一个伍尔夫虚构的乡村的生活的回忆，那时她在花一般的青春期生活在长满鲜花的乡村。她的这段回忆引出了小说中的一个主要人物——痴恋于她的青梅竹马彼得·沃尔什，并且奠定了小说怀旧的基调。到达花店以后，陶醉于各式鲜花之中的克拉丽莎被大街上突然传来的汽车回火声所惊吓，引出同样受到惊吓的第二位重要人物———战老兵史密斯。回到家中的克拉丽莎看着新买的鲜花，不由得哀叹自己已到暮年，再度陷入对青春期的回忆。这段回忆又引出了小说的第三位重要人物——闺中密友萨利。此时，彼得到访，现实生活于是与过去的回忆自然地衔接在一起。随着彼得的离开，叙述视角随即转换到彼得的身上，展示彼得在大街和公园的际遇。他首先注意到人流中佩戴康

---

① 爱·摩·福斯特：《小说面面观》，苏炳文译，花城出版社，1984，第132页。
② 爱·摩·福斯特：《小说面面观》，苏炳文译，花城出版社，1984，第133页。

乃馨的青年男子，然后看到一列青年士兵为牺牲在一战的烈士献祭花圈的场景，接着又在街上跟踪一个戴着康乃馨的年轻女子至其家门口方才作罢，然后走到一个公园小憩。而女子家门口的天竺葵刺激了他对过去的回忆，在睡梦中梦到摆放天竺葵的房间，醒来方忆起那是昔日布尔顿的一个场景。由此，彼得陷入了对少年时期与克拉丽莎和萨利住在布尔顿的回忆，包括克拉丽莎关于鲜花的思考和萨利对鲜花的热衷。至此，克拉丽莎、彼得以及萨利的形象逐渐立体化了，他们之间的爱恨纠葛也清晰地呈现出来。伍尔夫在彼得的这段回忆中间插叙了坐在彼得附近的史密斯夫妇的意识流，展现出史密斯幻象中的鲜花景象与回忆中真实的鲜花，揭示了他的创伤根源。在精神崩溃边缘的史密斯和妻子来到哈利街接受一位医师的诊治，却被敷衍。此时，叙事中心转到同在哈利街要去参加布鲁顿夫人午宴的休身上。休也是克拉丽莎的童年好友，他带着一束康乃馨和克拉丽莎的丈夫理查德一起赴宴。在接下来的叙事中，这束康乃馨串起了整个午宴，并在午宴结束后唤起了布鲁顿夫人对于童年时期长满鲜花的田野的回忆。离开布鲁顿夫人家的理查德买了一束玫瑰回家送给克拉丽莎，以表爱意。于是，叙事中心又转回到克拉丽莎身上。她一边欣赏玫瑰，一边反思多年来的婚姻生活。看到如花一般青春年少的女儿伊丽莎白，克拉丽莎又联想到诱惑女儿的狂热基督教徒基尔曼，不禁怒火中烧。与基尔曼一起出门购物的伊丽莎白设法逃离了基尔曼以后，漫游伦敦，最后在河滨大街登上回家的公交车。此时，叙事中心又转到了居住在河滨大街的史密斯夫妇身上。史密斯看着用玫瑰装饰帽子的妻子，读到过去在幻象中写下的文字：死人在杜鹃花丛中唱歌，感到一心保护他的妻子像一株花朵盛开的树。而医生的到来终于使他的恐惧到达顶峰，跳窗自杀。走在街上的彼得听到救护车的声音，展开了对人类文明的反思。于是，叙事中心又切换到彼得身上。他回到点缀着花木的旅馆，收到克拉丽莎的邀请信，回想起过去的田园生活。最后，他换好衣服，前去赴宴。此时，叙事中心自然过渡到克拉丽莎的晚宴，并在宴会的人流中高速切换，形成一种狂欢的叙事效应。这一部分的叙事看起来杂乱无章，实际上却都由鲜花在暗中牵引。装点宴会的鲜花，用作衣饰的鲜花，如花的少女，璀璨的花园景观，以及不同的人物对鲜花的记忆等交替出现。于是，整场宴会的叙事由鲜花的意象串联起来，并最终在处于"青春花期"的伊丽莎白与"花期已过"而进入暮年的克拉丽莎之间的鲜明对照中落下帷幕。

由此我们看到，《达洛卫夫人》这一小说文本肇始于鲜花的意象，由鲜花的意象串联起关键情节，最后又在鲜花的意象中结束，整部小说由鲜花的意象形成一种长链型的图式。这一小说文本的叙事在不同形式与不同层次的时间和空间之间自由跳跃、高速变换，情节表现出一种散乱无序的表象。然而，这看似散乱无章的情节却都以鲜花为线索形成一个整体。

（三）身体空间的表征

在《达洛卫夫人》中，鲜花首先是一种身体叙事的策略，鲜花是一种身体空间的表征。从植物学角度来看，所有的花朵都是雌性生殖器官，与女性性征相符，鲜花于是成为女性身体的象征。据凯瑟琳·齐格勒（Catherine Ziegler）的研究，在19世纪晚期的英国，鲜花主要有四种用途，其中一类就是"将鲜花与女性身份和性征相联系"。[1]

克拉丽莎是一朵"被修剪的花"。无论是少女时期在布尔顿的手捧鲜花，还是在伦敦城收到的鲜花礼物，抑或是为了举办晚宴订购的鲜花，与克拉丽莎相联系的鲜花总是被采摘下来进行修剪的鲜花。19世纪60年代，日本的"花道"传入英国，鲜花开始走进英国室内装饰的领域，最初用来装饰餐桌以增加气氛。到19世纪末，鲜花装饰室内则成为社会身份的炫示品，上流社会"通过在室内装饰和摆放鲜花建构阶级身份和社会地位"。[2] 花艺更是成为上流社会女子的必备修养，杰基尔在其1907

---

[1] Ziegler, Catherine. *Favored Flowers: Culture and Economy in a Global System.* Duke University Press, 2007, P.23.

[2] Ziegler, Catherine. *Favored Flowers: Culture and Economy in a Global System.* Duke University Press, 2007, P.23.

年出版的《花卉室内装饰》(Flower Decoration in the House)中就指出，小型房屋内的鲜花装饰应由女主人负责打理。在1923年已是52岁的克拉丽莎正是在维多利亚时期成长起来的典型的"屋中天使"，自幼受到父权意识形态的熏陶，在性别角色和规范方面秉持"正统"。少女时期的克拉丽莎听说附近的一位绅士娶了女仆为妻，她起初只是嘲笑那位女仆衣着举止不得体，而当她听说女仆已经在婚前有过一个孩子时，"她的脸涨得通红，而且不知怎的扭曲了，她说：'哎，那我再不能跟她说话了'"（伍尔夫，第55页）。克拉丽莎无法接受女仆婚前失贞，这显然出于她根深蒂固的女子贞洁观。后来克拉丽莎以表现得"像个真正的主妇"的方式赢得达洛卫的爱慕，说明她完全按照社会规范对一个合格的上流社会主妇的期望行事。婚后，克拉丽莎操持家务、相夫教子更是一副贤妻良母的做派。可以说，克拉丽莎是父权制下的完美产品。

"每逢她举行宴会，那家店总为她准备好鲜花"（伍尔夫，第9页）。她在1923年6月的这一天为准备宴会而出门买花只是其一生中无数次买花的缩影。伍尔夫用"买花"代替"买手套"的深层含义在这里得到初次体现，手套装饰女性身体，而鲜花则与女性身体具有内在联系，更能体现父权制社会下女性被物化的事实。正如失去生长在泥土里的根茎、任人修剪以作装饰的鲜花，维多利亚时期的女性是父权制下失去主体身份、被父权意识形态型塑的展览品。

在《达洛卫夫人》涉及的鲜花中，玫瑰出现了39次，是出现次数最多的花卉。玫瑰是现今存在的最古老的花卉之一，公元前16世纪隶属于古希腊的克诺索斯王国的宫廷壁画中就已经出现了六瓣黄蕊玫瑰的图案。在悠长的历史长河中，玫瑰被各个时期、不同地域的人们赋予了不同的象征意义，因而是文化内涵最丰富的花卉之一。首先，玫瑰的香味中含有催情成分，在西方被视为情欲之花。玫瑰的英语、法语、德语拼法相同，都是"rose"或"Rose"。这一单词的四个字母颠倒则变成"Eros"，即希腊神话中爱神厄洛斯的名字。据赫西俄德的《神谱》记载，厄洛斯是初代神，是"不朽诸神中最俊美者,能令所有的神明和所有的人魂不守舍"。① 他促成了众神的生育,是包括同性和异性在内的一切爱情和情欲的象征。另外,在希腊神话中,玫瑰也是女神阿芙洛狄忒和她在罗马神话中的对应女神维纳斯的标志。在赫西俄德所著的《神谱》中,阿芙洛狄忒是天神乌拉诺斯被阉割而扔进大海里的生殖器所诞生。"因她由性器而生,又被称为'爱阳具者'。她一出生,步向神族时;厄洛斯与她为伴,俊美的欲望之神西摩洛斯同她相随……迷狂的爱欲,是她与生俱来的特权"。② 可见,从古希腊时期起,情人众多的阿芙洛狄忒就是爱欲的象征。古希腊诗人安纳克里昂(Anacreon)在描写维纳斯诞生时将玫瑰花加入其中,从此玫瑰便成为维纳斯的标志,玫瑰也因此成为情欲之花。在文艺复兴时期画家波提切利(Sandro Botticelli)的传世名作《维纳斯的诞生》中,刚刚从海水中升起的维纳斯周围布满了玫瑰。可见在西方文化史上,玫瑰从很早就与女性身体有紧密的联系。在历史上,玫瑰也是著名的情欲之花。相传,埃及女王克里奥佩特拉就是用玫瑰花瓣铺满闺房从而引诱了安东尼。公元前42年,克里奥佩特拉将自己打扮成阿芙洛狄忒的模样,在衣服上装饰玫瑰花环,在头上戴着玫瑰花冠,与安东尼在一艘洒满玫瑰的船上见面。不仅如此,她还在每个房间都撒上玫瑰花瓣,尤其在她所居住的闺房,更是将整个床都铺满了玫瑰花瓣。而克里奥佩特拉对安东尼的引诱也的确成功了。第二,玫瑰象征青春,常常用来形容少女。在古罗马时期,年轻女孩会被他们的情人亲昵地称呼为"我的玫瑰花"。在《哈姆雷特》中,奥菲莉娅被其兄称为"五月的玫瑰",也是表示她的青春年少。第三,玫瑰具有丰富的宗教含义。在《圣经·旧约》中,玫瑰在分两次出现在《雅歌》的第二章和《以赛亚书》的第三十五章:"我是沙仑的玫瑰,谷中的百合";"沙漠也必快乐,又像玫瑰开花"。在基督教中,玫瑰主要和耶稣与圣母相关。一说为,玫瑰是耶稣受难时滴下的鲜血染红的花朵。另一说为,玫瑰的刺是邪恶的

---

① 赫西俄德:《神谱》,王绍辉译,上海人民出版社,2010,第23页。
② 赫西俄德:《神谱》,王绍辉译,上海人民出版社,2010,第29页。

象征,弥尔顿在他的长诗《失乐园》中就将亚当和夏娃生活在伊甸园时的玫瑰描述为光滑无刺的,后来亚当和夏娃违背上帝的意志被赶出伊甸园后,玫瑰的茎秆就长出了刺。圣母常常被形容为"无刺的玫瑰",表明她的纯洁与脱离邪恶和人类的原罪。在中世纪很多以圣母为题材的绘画中,圣母都是处在玫瑰环绕的环境中。在天主教中,还有和圣母相关的玫瑰念珠和《玫瑰经》。第四,玫瑰有秘密的含义。古罗马崇尚玫瑰花,喜欢用新鲜的玫瑰花做衣服的装饰,也爱在建筑中加入玫瑰的元素。古罗马有一个习俗,即在装饰着玫瑰的天花板下进行的谈话要保密,这一习俗被称作"玫瑰花下"(sub rose)。时至今日,欧洲仍然保留着这一传统,甚至演化出了"under the rose"这一短语,表示"私密地""秘密地"。而在英国伦敦的市长选举中,玫瑰花会同作为伦敦标志的宝剑一起被摆在台上,意为"以全市尊严的名义严守会议的秘密"。① 第五,玫瑰象征死亡。玫瑰花期短暂,一旦被摘下则迅速死亡。"玫瑰最特别的地方在于,它又小又弱,被摘后数小时内就会枯萎。它没有厚壳、铠甲或骨架,很难在沉积层中留下持久的印痕"。② 在古罗马,玫瑰经常被用来装饰坟墓。人们会在夭折的少女的坟墓上种植白玫瑰或者在她们的葬礼上编织玫瑰花环。

在《达洛卫夫人》中,玫瑰是女性身体空间的表征。"从生物学角度看,所有的花朵在功能上都属雌性生殖器官,而玫瑰则是女性外阴最通俗的植物象征符号"(菲尼欧,第2页)。③ 一直被视为花中皇后的玫瑰是女主人公克拉丽莎的象征,既表明了她小说主人公的身份,又暗示了她特定的人物形象。已过中年的登普斯特太太在公园里看到十九岁的姑娘梅西时,不禁想:"为了生活,她还有什么没有牺牲的呢?玫瑰花,体态,还有腿形……她祈求怜悯。为了失去的玫瑰,怜悯她吧。"(伍尔夫,第25页)。在这里,"失去的玫瑰"喻指情欲的消退。"在西方文学史中,

---

① 孟凡、张琳、姆道:《世界植物文化史论》,江西科学技术出版社,2017,第73页。
② 马伯恩哈特:《玫瑰之吻:花的博物学》,刘华杰译,北京大学出版社,2009,第211页。
③ 马里奥·D·菲尼欧:《英文版前言》,载《玫瑰解密——文化史和符号学》,丁古罡、钱亚萍、王爱英等译,弗兰基·哈顿主编,北京大学出版社,2015,第2页。

第四章 《达洛卫夫人》的空间叙事策略

玫瑰这一娇嫩的花朵常作为一种隐喻指代女性生殖器官,象征着痛苦与衰微"。① 玫瑰是最古老的花卉之一,外形娇美却花期短暂,在古希腊被当作墓饰品。用玫瑰来形容女子,也暗指女子韶华易逝。相比于其它花卉,年过五旬的克拉丽莎对玫瑰情有独钟,她觉得"玫瑰花可爱极了"(伍尔夫,第115页),她"只喜欢她的玫瑰"(伍尔夫,第116页)。年老的克拉丽莎对玫瑰的痴迷实际上是女性身体性征逐渐消逝而带来的情欲消退的焦虑。她数次提到自己的身体不能对丈夫履行夫妻义务:"她让他失望了。另一回是在康斯坦丁,以后一再发生同样的情况"(伍尔夫,第29页)。她将这一状况视为"自己的缺陷",言语中的内疚心理不言而喻。换言之,生活在父权意识形态框架下的克拉丽莎将自己在生理上的情欲消退而无法满足丈夫的生理需求视为是妻子不称职的表现,怀有一种自我罪孽感。

与克拉丽莎的鲜花形成鲜明对照的是萨利的鲜花。她年少时,不墨守成规地将鲜花插在呆板的花瓶中,而是将其置于装着水的碗里,任其漂浮。将鲜花置于水中使鲜花得以回归自然,即使被采摘下来仍然保持着独立的主体身份,而非成为装饰品。显然,萨利的这一做法是对将女性身体作为展示品的抗拒,是对父权制的反叛。婚后拥有巨额财富的萨利在家里修建了一个"绵延不绝"的花房,种满奇花异卉。每当她对人际关系绝望时,便"到自家的花园里,观赏鲜花,内心就宁静了"(伍尔夫,第187页)。与萨利相关的鲜花始终是长在泥土里的,昭示着其独立的人格特征。在伍尔夫看来,自然生长在泥土里的花是圆满的象征,具有"浑然一体的美……一圈黄土围住的才是花,是真正的花:既是花朵,又是世界"。② 伍尔夫曾将自己形容为一朵花:"就像从泥土里钻出来的小小花草,长出根茎,长出叶子,最后展开花苞"。③ 从萨利的成长历程来看,她自幼便极有主见,不满父母争吵就离家出走,沐浴忘了拿衣服就在走廊里裸奔,不顾世俗眼

---

① 托比·莱文:《女性割礼》,载《玫瑰解密——文化史和符号学》,丁占罡、钱亚萍、王爱英等译,弗兰基·哈顿主编,北京大学出版社,2015,第28页。
② 弗吉尼亚·伍尔夫:《存在的瞬间》,刘春芳、倪爱霞译,花城出版社,2016,第100页。
③ 弗吉尼亚·伍尔夫:《存在的瞬间》,刘春芳、倪爱霞译,花城出版社,2016,第100页。

光独立阅读社会主义书籍，坚持妇女应当有选举权，最后又下嫁矿工之子。通观小说所有人物的内心活动，除了萨利外，其他人物都或多或少地表达了某种痛苦与不幸。只有自由生长的萨利始终对生活抱有极大的热情，保持坦荡的胸怀和率真的性情。她正是一株拒绝被修剪、自然生长的花，是拥有圆满、独立身份的女性主体。通过对克拉丽莎这朵"被修剪的花"的压抑的内心活动与萨利这朵"自然之花"明朗的心理活动的对照，伍尔夫表达了对将女性当作展示品的父权制的不满和对独立的女性主体身份的追求。

看似与克拉丽莎毫无关联的一战老兵赛普蒂默斯·史密斯也一生都与鲜花密切相关。一战前的赛普蒂默斯是个从外地到伦敦谋生的小职员，他被比作一朵开了的花，"是虚荣、野心、理想主义、激情、孤独、勇气和惰性这些常见的种子培育出的奇葩，所有这一切混合起来……使他渴望提高修养，也使他爱上了伊莎贝尔·波尔小姐，她在滑铁卢大街讲解莎士比亚作品"（伍尔夫，第80页）。此时的赛普蒂默斯是 E. M. 福斯特在《霍华德庄园》中描写的一个伦纳德式的人物，出身寒微却渴望通过提高文化修养进入上层阶级。一战爆发后，史密斯"为了拯救英国"而志愿参军。"在他的头脑中，英国这一概念几乎完全是莎士比亚戏剧，以及穿着绿裙子在广场散步的伊莎贝尔·波尔小姐"（伍尔夫，第81页）。因此，他参加一战一方面是由于他的理想主义，另一方面也是为了保护伊莎贝尔这朵"鲜花"，向她证明自己的男性气概。然而战争中的鲜血和死亡使他备受打击，在战后陷入精神失常，时常产生幻想。"大地在他脚下颤动。红花从他体内茁生，花朵的硬叶在他头边瑟瑟作响"（伍尔夫，第64页）。这明显是一幅战地图景，炮弹使大地颤动，"红花"实乃从士兵身体流出的鲜血。

似乎，赛普蒂默斯的创伤根源于一战。但令人费解的是，他的创伤记忆只与战友埃文斯相关，并且在他幻象的里埃文斯总是在花丛中唱歌。"埃文斯在树背后应声而唱：死者在撒塞里，在兰花丛中"（伍尔夫，第65页）。兰花由于其独特的授粉形式和花形，被视为情欲的象征。"在任何生长兰花的国家(中国除外),人们首先把它视为性的象征,并代表性欲和多产"。[①]赛普蒂默斯将埃文斯和兰花相联系,暗示了他们的同性恋情。在自杀前,他道出:"原来如此:一辈子孤独"(伍尔夫,第140页)。埃文斯的离世将使赛普蒂默斯终身孤独,这对他造成了毁灭性的打击。因此,造成赛普蒂默斯精神创伤的真正根源实际上是其同性恋人的死亡。

另外,文本中与赛普蒂默斯的妻子雷西娅相联系的花是百合。"她看上去苍白、神秘,犹如一朵淹没在水下的百合花"(伍尔夫,第84页)。另外一位与百合相联系的人物是克拉丽莎的女儿伊丽莎白,她同时也被比作"风信子"。"人们开始把这少女比作白杨、曙光、紫蓝色风信子、小鹿、清溪和百合花"(伍尔夫,第130页)。风信子象征少女,百合象征纯洁和童贞。这两种鲜花共同构成了伊丽莎白的身份象征——童贞的少女。年近三旬的雷西娅不再是少女,所以她只与百合相关,这暗示了她的处子之身,也间接表明了赛普蒂默斯丧失爱的能力和生育能力的事实。小说中,赛普蒂默斯和妻子雷西娅结婚五年而无子,雷西娅一直处于没有子嗣的痛苦之中,多次提及对孕育孩子的渴望。"她可不能一天天衰老而没有孩子"(伍尔夫,第86页)。至此,我们看到,在情欲上受挫的青年赛普蒂默斯与情欲消退的老年克拉丽莎之间形成了一种映照,印证了赛普蒂默斯作为克拉丽莎的替身的身份。同时,我们也看到鲜花如何与赛普蒂默斯的生命融为一体:他参加一战前的日常生活、参加一战的原因、在战场上的经历以及战后的精神失常和婚姻生活都与鲜花有紧密的联系。

(四)资本空间的表征

在《达洛卫夫人》中,鲜花不仅是身体空间的表征,也是资本空间的表征意识流小说作为现代派小说的一个分支,其特点之一就是对现代性(modernity)主题的反映。"对飞机、汽车和电影等最具现代性的符号的描写,

---

[①] 波伊谢特:《花的密码》,常媛译,湖南科学技术出版社,2010,第151页。

使许多批评家将《达洛卫夫人》视为现代主义的教科书"。① 根据蔡尔兹(Peter Childs)考证,"现代性"(modernity)一词来自波德莱尔《现代生活的画家》一文(The Painter of Modern Life),用以描述"一种伴随工业化、城市化以及世俗化而来的变动的生存及体验生活的方式;其特点为分裂和变革,碎片化和高速变化,短暂性与不安全感"。② 因此,现代性的核心是现代资本主义工商业社会变动和瞬间易逝的特性,以及由此带来的不安和焦虑的心理后果。在《达洛卫夫人》中,通过对鲜花意象的描写,伍尔夫不仅在一天之内写尽了个体人物的一生,也展现了英国长达半个世纪的沧桑变化,进而反映了英国在20世纪20年代的社会状况以及对现代性焦虑的国家心理。

在时间维度和空间维度上,鲜花具有不同的属性。如前文所述,居住于伦敦的克拉丽莎因买花的需要而陷入了对过去的乡村生活的回忆,奠定了小说怀旧的基调。可以说,小说一开篇就区分出了两种性质的鲜花,即记忆中的乡村的鲜花与现实中的城市的鲜花。在小说人物记忆里的乡村中的鲜花分为两类,一类是自然生长的,一类是人工种植的。第一类是生长在田野里的鲜花,克拉丽莎和萨利都有在田野里采花的经历。克拉丽莎"穿过布满茬儿的田野,她带头,忽而摘一朵花"(伍尔夫,第148页)。"在布尔顿……萨利却到外面采来了蜀葵、大丽花——还有各色各样的鲜花,人们从未见过这些鲜花摆在一起"(伍尔夫,第31页)。第二类花是人为种在家里的花园中的鲜花。彼得记得,"他们常到一个花园里散步,园子四周有围墙,栽着玫瑰花和大颗的花椰菜"(伍尔夫,第71页)。布鲁顿夫人"老是回忆起德文郡老家附近的田野……那些花坛,栽着大丽花、蜀葵和蒲葵"(伍尔夫,第107页)。在记忆中的乡村,无论是田野中的花还是花园中的花,它们都是人们自由观赏的、自然的植物,与土地密切

---

① Showalter, Elaine. "Introduction", in *Mrs. Dalloway*. New York: Penguin Books, 2000, P. xxiv.

② Childs, Peter. *Modernism*. London: Routledge, 2000, P. 15.

相关。滕尼斯认为，乡村作为一种地缘共同体，"同物品的普遍关系是从属性质的，物品并不是交换的，而是共同占有和享受的"。① 长在乡村的鲜花只是一种纯粹的物，供人观赏，与土地密切相关。在农耕社会，农田"成为世代延续的家族财产……随着农田的开垦，家就固定下来"。② 因此，土地在乡村是一种财产，不具有买卖的属性，人对土地的依附使家园成为稳定的居所，由此给人带了一种安定感和安全感。因此，长在乡村土地里的鲜花，隐喻了一种安定的生活。

与记忆中乡村的鲜花截然不同，现实中城市中的鲜花成为流通领域里的一种商品符号。无论是克拉丽莎装点宴会的鲜花，还是理查德送给她以表爱意的鲜花，抑或休参加布鲁顿夫人午宴时带去的鲜花，乃至生活不富裕的埃利用于替代珠宝装饰衣物的鲜花，无不是一种商品。他们对鲜花的占有方式都是通过购买，其本质是一种消费行为。在城市中，鲜花的本质不再是纯粹供人观赏的自然植物，而成为一种资本。城市中的鲜花不管是作为饰品、礼品还是景观都属于商品，它每一次的空间流动背后都是资本在运作。换言之，在城市语境中的鲜花由于其商品的功利属性，附着于其中的情感价值大大削弱。因此，尽管城市中鲜花也随处可见，人们却始终眷恋着记忆中乡村的鲜花。西方进入工业时代以后，土地成为一种流通的资本，建立在土地之上的房屋因此也是可以买卖的，因而是变动的。居住于其中的人随着房屋的不断易手，产生了一种漂泊无根的、不安定的焦虑，演变成一种"思乡症"。这里所说的思乡症不是指对故乡的思念，而是指一种对于安定的家的渴望。斯宾格勒认为，"世界的历史即是城市的历史"。③ 在资本主义社会，由资产阶级主导的城市在政治、经济、文化等方面全方位地统治着国家。在城市化进程中，乡村被蚕食。在这种空间的内部殖民中，乡村被灭绝的不仅是其土地的物质形态，更重要的是依附于土地的传统，

---

① 滕尼斯：《共同体与社会》，林荣远译，商务印书馆，1999，第111–112页。
② 滕尼斯：《共同体与社会》，林荣远译，商务印书馆，1999，第77页。
③ 斯宾格勒：《西方的没落（第二卷）》，吴琼译，上海三联书店，2014，第83页。

一种安定的生活状态。在《达洛卫夫人》中，尽管克拉丽莎被消费意识形态同化而着迷于伦敦街景，她却仍然"深信自己属于家乡的树木与房屋，尽管那屋子又丑又乱"（伍尔夫，第7页）。这反映的是她内心深处对乡村的眷恋，以及对城市化进程中正在消逝的乡村图景的焦虑。一战带来的灾难性后果，加剧了这种焦虑。"是什么乡村拂晓的景象在她心中闪现？最近世界经历的创伤使男男女女都满含泪水"（伍尔夫，第7页）。一战的实质是发展到资本主义最高阶段的帝国主义国家之间为了争夺原料产地和销售市场而进行的战争，是现代性带来的必然结果。因此，鲜花的意象承载了人们对乡村生活的集体记忆，他们对鲜花的依恋反映的正是对鲜花所代表的安定生活的依恋和对当下漂泊无根的城市生活的焦虑。

另外，城市中的鲜花作为一种商品符号不可避免地打上了阶级的烙印。不同的人对不同种类的鲜花的占有方式不同，这使鲜花成为界定阶级身份的一种符号。"绣球花、丁香花、木槿、百合花，那是极为罕见的珍品，在苏伊士河之北从不生长"，而在英国拥有"绵延不绝的温室"的萨利"只雇了一个园丁，却拥有许多花坛的百合花，简直数不清"（伍尔夫，第71页）。在这里，鲜花是一种奢侈品，建构了萨利资产阶级上层的身份。与之形成鲜明对照的是，出身低微的埃利只能用"几束廉价的淡红花"装点旧衣。这里，无名的鲜花是一种廉价商品，表征了埃利社会底层的身份。因此，鲜花成为阶级身份的表征，隐喻了城市中的阶级对立。并且，克拉丽莎认为萨利下嫁于矿工之子有失身份，而这个矿工之子却通过艰苦奋斗进入了资产阶级上层，拥有了种满了奇花异卉的"绵延不绝的温室"。这里，克拉丽莎的态度无疑反映出资产阶级上层对阶级的流动性的焦虑。

（五）殖民空间的表征

在《达洛卫夫人》中，鲜花还是殖民空间的表征，这集中表现于兰花的意象。一战后，英国的帝国地位一落千丈，对殖民地的控制也大大削弱，这一点也通过鲜花的意象反映出来。克拉丽莎的姑妈海伦娜只要一提起印度或缅甸，首先想到的就是兰花。"她心目中瞥见的是东方的兰花，山间小径，自己驮在苦力背上，翻过孤零零的峰顶（那是在六十年代）；间或下来，去摘兰花（令人赞叹的鲜花，从未在别处见过），并且描成水彩画"（伍尔夫，第172页）。兰花除了象征在上文中提及的情欲和多产，也象征权力。"占领东印度的领主也有类似的报道，那里只允许在贵族的花园里种植兰花，只允许公主和侯爵夫人佩戴兰花"。[①] 从微观层面上说，海伦娜将印度和缅甸的兰花作为绘画、书写的颜料这一做法，在本质上与英国掠夺两国原材料的行为是同一的。从宏观层面上说，以海伦娜为代表的殖民者对象征权力的兰花的占有，表征了英国在殖民地的统治阶级身份。兰花在英国有一段特殊的历史，与英国殖民扩张紧密相关。1818年，威廉·卡特利在里约热内卢发现一种花朵异常华美的兰花，并将其寄回英国。后来这株兰花被展出时，在英国上流社会引起轰动。由此，英国轰轰烈烈的"兰花狂热症"拉开序幕，富贵人家都以拥有兰花为荣。为了满足这种需求，英国园艺商人和资本雄厚的兰花爱好者纷纷出资，雇佣"兰花猎人"在全球范围内搜罗兰花。由于竞争激烈，这些"兰花猎人"为了不给别的同行留下机会，在大量采摘兰花之余，还将不能带走的兰花毁掉。这种行为极大地破坏了殖民地兰花的生态环境，一些物种一度灭绝。海伦娜姑妈对殖民地兰花的记忆，无疑从侧面反映了兰花与英国殖民空间生产的紧密关系。

事实上，英国的植物种类的增加就是另一种形式的殖民史，英国最著名的植物园——邱园（Kew）的发展史就是最直观的反映。18世纪后半期，邱园建立不久后，约瑟夫·班克斯爵士（Sir Joseph Banks）便资助了大批训练有素的园艺家远赴欧洲、亚洲、澳洲、美洲等地采集植物，使邱园的规模逐渐扩大。1839年，有"西方现代植物学之父"之称的约翰·林德利（John Lindley）带领一批植物学家向英国下议院请愿，提议将邱园定位为英国植物研究中心，提出"欧洲最富裕的国家应该拥有最坚实的文化基础，

[①] 波伊谢特：《花的密码》，常媛译，湖南科学技术出版社，2010，第156页。

以充分显示我们大英帝国在欧洲的文化地位"。①1841年，威廉·杰克逊·胡克（William Jackson Hooker）出任邱园园长，他说服英国政府出资向各个殖民地派遣植物采集者，并且在三年内将邱园从4公顷扩大到30公顷，使邱园面积达到1.1万平方千米。英国不仅从殖民地猎取异域花卉，还在殖民地就地建立植物驯化园，以便于将殖民地植物引入英国。1764年，英国在西印度群岛的文森特岛建立植物园。1787年，英国在印度加尔各答建立了更大规模的植物园。驯化植物园的建立，对欧洲引入殖民地植物起到了重要作用。可以说，邱园是伴随英国殖民扩张而发展起来的，它的演化史从某种程度上来说正是英国在植物领域内的殖民史。

另外，《达洛卫夫人》所涉及的花卉物种中，大部分都是从海外引进，而非英国本土植物。例如，大丽花是霍兰德男爵夫人（Elizabeth Vassall Fox, Baroness Holland）从马德里带回英国的。1804年，这位男爵夫人将三种大丽花种子带回英国栽培，培育成功后，大丽花开始在英国流行开来。而马德里皇家植物园的大丽花则来源于欧洲殖民者对墨西哥植物的大规模采集活动。向日葵是一位名叫尼古拉斯·莫纳尔德斯（Nicolas Monardes）的西班牙医生于1565—1571年在新大陆发现的。1596年，向日葵传到英国。鸢尾花在19世纪后期才传入英国。最初，鸢尾花由剑桥生物学教授麦克·福斯特（Sir Michael Foster）在19世纪70年代托在海外传教和经商的朋友为他搜集了两百多种鸢尾花种子、块茎、球根而培育出来的。因此，《达洛卫夫人》中形形色色的鲜花实际上成为英国殖民空间的表征。

在英帝国辉煌不再的20世纪20年代，年过八旬的海伦娜对十九世纪六七十年代开在印度和缅甸的兰花念念不忘，这实际上暗示了她对鼎盛时期的帝国形象的眷恋。因此，兰花的意象隐喻了20世纪20年代英国社会对其帝国地位动摇的一种焦虑。

---

① 转引自孟凡、张琳、媚道：《世界植物文化史论》，江西科学技术出版社，2017，第262页。

本章小结

伍尔夫是英国文学史上的经典小说家,她在小说中意识流的使用以及对现代生活经验的反映,使她成为英国现代主义的先锋人物。得天独厚的先天和后天环境使伍尔夫不仅具有深厚的人文素养,而且对生活的感知敏锐而细腻,她的思想相对她的时代而言具有超前性。伍尔夫自幼所受到的艺术熏陶、自身对现代生活特性的观察和思考、个人的人生经历等多种原因,使她的小说极具空间性。这种显著的空间特征尤其表现在了《达洛卫夫人》这一小说文本中。在形式上,《达洛卫夫人》是一本意识流特色浓厚的小说,使用了多层叙事框架来展现人物的意识活动。并且,这一小说还含有大量的语象叙事,不仅使小说具有直观的视觉性,还对小说情节的推动和主题的刻画起到了重要作用。在主题上,《达洛卫夫人》采用了鲜花这一意象群作为小说中身体空间、资本空间和殖民空间的表征。

参考文献

[1] Bradbury, Malcolm. Ed. *Foster*. Englewood Cliffs: Prentice-Hall, Inc., 1966.

[2] Brantlinger, Patrick. "Heart of Darkness: Anti-Imperialism, Racism, or Impressionism?". in *Joseph Conrad*, Ed. Ross C. Murfin. New York: St. Martin's Press, 1996.

[3] Childs, Peter. *Modernism*. London: Routledge, 2000.

[4] Clewell, Tammy. "Introduction". in *Modernism and Nostalgia*. Ed. Tammy Clewell. Basingstoke: Palgrave Macmillan, 2013.

[5] Conrad, Joseph. *Notes on Life and Letters*. London: J. M. Dent & Sons Ltd, 1921.

[6] Eagleton, Terry. *Criticism and Ideology: A Study in Marxist Literary Theory*. London: NLB, 1976.

[7] Foster, E. M. "Rooksnest". *Appendix to Howards End*. Ed. Oliver Stallybrass. London: Arnold, 1973.

[8] Foucault, Michel. *Power——The Essential Foucault: Selections from the Works of Foucault, 1954-1984*. Ed. James D. Faubion. New York: The New Press, 2003.

[9] Frank, Joseph. "Spatial Form in Modern Literature". *The Sewanee*

Review, 53.2（1945）.

[10] Frank, Joseph. "Spatial Form in Modern Literature". *The Sewanee Review*, 53.4（1945）.

[11] Hawthorn, Jeremy. *A Glossary of Contemporary Literary Theory*, London: Edward Arnold, 1994.

[12] Heffernan, James A. W. "Ekphrasis and Representation". *New Literary History* 22.2（Spring 1991）.

[13] Hynes, Samuel. "Introduction". in *The Return of the Soldier*. New York: Penguin, 1998.

[14] Lefebver, Henri. *The Production of Space*, Trans. Donald Nicholson-Smith, Cambridge: Basil Blackwell Ltd, 1991.

[15] Lowe, Gill. Ed. *Hyde Park Gate News: The Stephen Family Newspaper*. London: Hesperus Press, 2005.

[16] Masterman, C. F. G.. *The Condition of England*. London: Methuen & Co. 1909.

[17] Murfin, Ross C. *Joseph Conrad*. New York: St. Martin's Press, 1996.

[18] Murdoch, Lydia. *Daily Life of Victorian Women*. Santa Barbara: The Greenwood Press, 2014.

[19] Nevins, Deboran. "Introduction to the 1984 Edition". in *The English Flower Garden*（15th Edition）. William Robinson. New York: The Amaryllis Press, 1984.

[20] Showalter, Elaine. "Introduction", in *Mrs. Dalloway*. New York: Penguin Books, 2000.

[21] Sparks, Elisa Kay. " 'Everything Tended to Set Itself in a Garden': Virginia Woolf's Literary and Quotidian Flowers". in *Virginia Woolf and the Natural World*, Ed. Kristin Czarnecki and Carrie Rohman. Clemson: Clemson University Press, 2011.

[22] Su, John J.. "The Beloved Republic: Nostalgia and the Political

Aesthetic of E. M. Foster". in *Modernism and Nostalgia*. Ed. Tammy Clewell. Basingstoke: Palgrave Macmillan, 2013.

[23] Widdowson, Peter. "Howards End: Fiction as History". in *Case Studies in Contemporary Criticism: Howards End*. Ed. Alistair M. Duckworth. Boston: Bedford Books. 1997.

[24] Woolf, Virginia. *A Passionate Apprentice: The Early Journals 1897-1909*. Ed. Mitchell A. Leaska. New York: Harcourt, 1990.

[25] Woolf, Virginia. "A Sketch of the Past." in *Moments of Being*. Ed. Jeanne Schulkind. New York: Harcourt, 1985.

[26] Woolf, Virginia. *Moments of Being* (2nd Edition). San Diego: HBJ Book, 1985.

[27] Woolf, Virginia. *The Diary of Virginia Woolf* (Vol. II). Ed. Anne O. Bell. San Diego: Harcourt Brace Jovanovich, Inc., 1978.

[28] Woolf, Virginia. *The Diary of Virginia Woolf* (Vol. III). Ed. Anne O. Bell. New York: Harcourt, 1980.

[29] Woolf, Virginia. *The Letters of Virginia Woolf*, vol.1, Ed. Nigel Nicolson and Joanne Trautmann, New York: Harcourt, 1975.

[30] Woolf, Virginia. "The Novels of E. M. Foster". in *The Death of the Novel and Other Essays*. New York: Harcourt. 1942.

[31] Ziegler, Catherine. *Favored Flowers: Culture and Economy in a Global System*. Duke University Press, 2007.

[32] 爱·摩·福斯特:《小说面面观》,苏炳文译,广州:花城出版社,1984年.

[33] 波伊谢特:《花的密码》,常媛译,长沙:湖南科学技术出版社,2010年.

[34] 布莱恩·特纳:《身体与社会》,马海良等译,沈阳:春风文艺出版社,2000年.

[35] 程锡麟等:《叙事理论的空间转向——叙事空间理论概述》,《江

西社会科学》，2007年第11期。

[36] 程锡麟：《<夜色温柔>中的语象叙事》，《外国文学》，2015年第5期。

[37] 德雷克·格利高里、约翰·厄里编：《社会关系与空间结构》，谢礼圣、吕增奎等译，北京：北京师范大学出版社，2011年．

[38] E. M. 福斯特：《霍华德庄园》，苏福忠译，上海：上海译文出版社，2016年．

[39] 范存忠：《英国史》，南京：译林出版社，2015年。

[40] 弗吉尼亚·伍尔夫：《存在的瞬间》，刘春芳、倪爱霞译，广州：花城出版社，2016.

[41] 弗吉尼亚·伍尔夫：《达洛卫夫人》，孙梁、苏美译，上海：上海译文出版社，2017.

[42] 弗吉尼亚·伍尔夫：《伍尔夫随笔全集（第二卷）》，王义国、张军学等译，北京：中国社会科学出版社，2001年．

[43] 海德格尔：《海德格尔文集》，孙周兴编，上海：上海三联书店，1996年．

[44] 亨利·列斐伏尔：《空间：社会产物与使用价值》，载《现代性与空间的生产》，包亚明主编，上海：上海教育出版社，2003年．

[45] 亨利·列斐伏尔著：《空间与政治》，李春译，上海：上海人民出版社，2015年．

[46] 赫西俄德：《神谱》，王绍辉译，上海：上海人民出版社，2010年．

[47] 卡·马克思：《1844年经济学哲学手稿》，中共中央马克思恩格斯列宁斯大林著作编译局编译，北京：人民出版社，2014年．

[48] 卡·马克思：《资本论》，中共中央马克思恩格斯列宁斯大林著作编译局编译，北京：人民出版社，2016年．

[49] 凯特·米利特：《性的政治》，钟良明译，北京：社会科学文献出版社，1999年．

[50] 康拉德：《黑暗的心》，黄雨石译，北京：商务图书馆，2012年．

[51] 肯尼思·O·摩根：《牛津英国通史》，王觉非等译，北京：商务印书馆，1993年．

[52] 雷蒙·威廉斯：《关键词：文化与社会生活的词汇》，刘建基译，北京：生活·读书·新知三联书店，2005年．

[53] 刘知国：《国内20年来＜黑暗的心＞研究综述》载《新乡学院学报》，2012年第5期．

[54] 卢卡奇：《历史与阶级意识——关于马克思主义辩证法的研究》，杜章智等译，北京：商务印书馆，1996年．

[55] 马伯恩哈特：《玫瑰之吻：花的博物学》，刘华杰译，北京：北京大学出版社，2009.

[56] 马里奥·D·菲尼欧：《英文版前言》，载《玫瑰解密——文化史和符号学》，丁占罡、钱亚萍、王爱英等译，弗兰基·哈顿主编，北京：北京大学出版社，2015年．

[57] 马修·阿诺德：《文化与无政府状态：政治与社会批评》，韩敏中译，北京：生活·读书·新知三联书店，2012年．

[58] 马修·阿诺德：《友谊的花环》，吕滇雯译，北京：中国文学出版社，1999年．

[59] 孟凡、张琳、媚道：《世界植物文化史论》，南昌：江西科学技术出版社，2017年．

[60] 米歇尔·福柯：《不同空间的正文与上下文》，载《后现代性与地理学的政治》，包亚明主编，上海教育出版社，2011年．

[61] 米歇尔·福柯：《不正常的人》，钱翰译，上海：上海人民出版社，2003年．

[62] 米歇尔·福柯：《疯癫与文明》，刘北成、杨远婴译，北京：三联书店，2003年．

[63] 米歇尔·福柯：《话语的秩序》，载《语言与翻译的政治》，许宝强等编，北京：中央编译出版社，2000年．

[64] 米歇尔·福柯：《权力的眼睛》，严锋译，包亚明主编，上海：上

海人民出版社，1997年．

[65] 米歇尔·福柯：《声名狼藉者的生活》，汪民安编，北京：北京大学出版社，2016年．

[66] 桑德拉·吉尔伯特、苏珊·古芭：《阁楼上的疯女人》，杨莉馨译，上海：上海人民出版社，2016年．

[67] 斯宾格勒：《西方的没落（第二卷）》，吴琼译，上海：上海三联书店，2014年．

[68] 滕尼斯：《共同体与社会》，林荣远译，北京：商务印书馆，1999年．

[69] 托比·莱文：《女性割礼》，载《玫瑰解密——文化史和符号学》，丁占罡、钱亚萍、王爱英等译，弗兰基·哈顿主编，北京：北京大学出版社，2015年．

[70] 托马斯·福斯特：《如何阅读一本小说》，梁笑译，海口：南海出版社，2015．

[71] 王觉非：《近代英国史》，南京：南京大学出版社，1997年．

[72] 西蒙娜·德·波伏瓦：《第二性（Ⅱ）》，郑克鲁译，上海：上海译文出版社，2011年．

[73] 赵毅衡：《符号学原理与推演》，南京：南京大学出版社，2011年．